LES

VOIX DU RHONE

SATIRES ET MÉDITATIONS

DRAMES ET COMÉDIES

PAR

BESSE DES LARZES.

———

PARIS

DENTU, Palais-Royal,

Galerie vitrée, 13.

LYON

CH. MÉRA, LIBRAIRE,

rue Impériale, 15.

1860

LES VOIX DU RHONE

LYON. — IMP. D'AIMÉ VINGTRINIER.

LES

VOIX DU RHONE

SATIRES ET MÉDITATIONS

DRAMES ET COMÉDIES

PAR

BESSE DES LARZES.

1860

PARIS	LYON
DENTU, Palais-Royal,	CH. MÉRA, LIBRAIRE,
Galerie vitrée, 13.	rue Impériale, 15.

TABLE DES MATIÈRES

ERRATA

Page 71.   Au lieu de *proséder* lisez : *posséder.*

Page 103. Au lieu de *Etincellent à tous...* lisez : *Etincellent. A
tous...*

Page 120. Au lieu de *Le Liban tressaillit* lisez : *tressaillait.*

Le monde se partage en deux classes d'hommes
bien différents. Les uns suivent aveuglément, servi-
lement les goûts et les tendances de la multitude. Ils
se croiraient déshonorés s'ils s'en écartaient seule-
mement d'un iota. On dirait qu'ils ont abdiqué leur
dignité d'hommes pour ramper aux pieds de ce vil,
capricieux et stupide despote qu'on appelle la mode.
D'autres, indépendants et fiers, se moquent du qu'en
dira-t-on ; rien ne peut ébranler leurs convictions et
leurs sentiments. Comme eux, vous dédaignez, mon
cher oncle, les opinions de la foule ; comme eux
vous pouvez dire avec le poète latin :

Odi profanum vulgus et arceo.

Publier des vers aujourd'hui est une folie aux yeux
du vulgaire. Et cependant vous avez voulu que je fisse
imprimer à vos frais ce petit choix de mes poésies jetées
çà et là, durant mes rares et rapides loisirs, soit pour

satisfaire au désir d'exprimer des idées qui me saisissaient vivement, soit pour arriver à donner à ma diction en prose, dans des œuvres plus sérieuses, la souplesse et l'harmonie que l'on acquiert presque toujours avec un exercice prolongé de la versification. C'est en effet à cette féconde et puissante gymnastique du style que se sont aguerris et façonnés la plupart de nos plus brillants prosateurs.

Quoi qu'il en soit, c'est à vous seul, mon oncle, que ce petit volume doit le jour ; car, si d'éminents poètes ont cherché bien longtemps en vain un éditeur à Paris, comment aurais-je pu, moi, perdu en province, en trouver jamais un seul parmi les libraires ?

Puissent donc mes petits vers ne pas avoir le sort que j'ai mille raisons de redouter et de pressentir pour eux, en voyant tomber dans l'indifférence et l'oubli tant de productions bien supérieures à mes faibles essais ; puissent-ils vivre un peu plus que les roses dont ils n'ont, hélas ! ni l'éclat ni la légèreté, ni les parfums enchanteurs ; puissent-ils porter au moins par delà la génération présente, le nom de mon éditeur généreux et bien aimé.

J'aurais dû peut-être user largement de cette générosité pour satisfaire au goût du temps, c'est-à-dire au culte de la forme extérieure, en faisant une de ces éditions de luxe que mon imprimeur-poète fait si bien. Mais il faut user avec une modération prévoyante des faveurs même les plus désintéressées ; d'ailleurs, je n'aspire qu'au bien petit nombre de ces lecteurs qui ne jugent point une œuvre d'après le volume, le papier et la couverture et ne demandent, pas avant tout, si l'on vient de Paris, pour juger si l'on vaut quelque chose,

> Qui si me lyricis vatibus inscrent,
> Sublimi feriam sidera vertice.

Des satires et des méditations en vers , c'est une témérité commune encore. Mais une tragédie, en 1860 ; qu'est-ce que cet anachronisme ?

Il faut bien que j'essaye de m'en excuser un peu, s'il est possible.

Dans un temps où j'étais *à la recherche d'une position sociale* et condamné d'ailleurs à beaucoup écrire pour faire diversion à l'amertume des peines et des ennuis, j'ai projeté des comédies, des drames, des tragédies. Or, pour tout homme possédé de ces démons, sous le règne de Rachel, l'ambition suprême était de réussir à mettre son œuvre sous le patronage tout-puissant de la grande tragédienne.

J'avais tracé, dans ce but, le caractère de Frédégonde, mais j'arrivai trop tard ; la fée de la tragédie antique fit évanouir, d'un trait de plume, mon rêve et mes espérances, en m'écrivant, le 22 juin 1855 :

« Je regrette de ne plus pouvoir m'occuper de notre Frédégonde. Mon prochain départ pour l'Amérique ne me laisse plus un moment de loisir. Mais je vais m'empresser de la recommander etc..... »

Évidemment le prestige seul de Rachel aurait pu faire accepter, sur la scène, une œuvre nouvelle d'un homme inconnu dans le monde dramatique. J'y ai donc renoncé.

Mais il faut savoir trouver à tout, même aux insuccès et aux déceptions, un côté riant et joyeux.

Cette philosophie, à la façon de Démocrite et du Renard de La Fontaine est, au fond, le secret du bonheur. Voilà pourquoi je me suis dit, je l'avoue, au risque d'éveiller un malin sourire chez l'ombre moqueuse du grand fabuliste :

Mieux vaut se présenter au jugement calme et serein d'un petit nombre de lecteurs que d'affronter les orages de la scène où l'on est si souvent, aujourd'hui surtout, dans l'inévitable alternative de se résigner d'avance à subir les sifflets ou de sacrifier aux caprices des coteries et aux passions mobiles des foules, non seulement ses opinions, ses tendances, ses goûts personnels, mais encore les principes immuables et absolus de l'esthétique.

———

Ma comédie ou plutôt ma satire en action, *Un faux Misanthrope*, m'attirera peut-être bien des reproches.

Je veux dire un mot seulement des intentions qui me l'ont inspirée.

Aujourd'hui que l'orgueil individuel et la soif de briller à tout prix et de s'élever au dessus du voisin est une maladie si contagieuse, si générale, les riches et les grands, s'ils comprenaient à la fois et leurs vrais intérêts et les besoins les plus urgents de la société, ne songeraient plus à se distinguer autrement que par la modestie et la simplicité.

On sait que l'exemple et l'impulsion viennent toujours d'en haut. Si donc on le donnait, ceux qui sont au-dessous laisseraient là ces efforts désespérés et funestes de la *grenouille qui vit un bœuf*; la modération et avec elle l'indépendance et la sérénité renaîtraient parmi nous ; l'on ne verrait plus ces misères, les pires de toutes qui se promènent en gants jaunes par le monde; tous, riches et pauvres, nobles et roturiers y gagneraient excepté peut-être les fabriquants d'objets de luxe qui ne seront jamais, quoi qu'on dise, des sources de prospérité pour un peuple, tandis que notre amour effréné de la parure et de l'éclat fait tous les jours tant de victimes, et fera peut-être déborder tôt ou tard le flot du socialisme qui gronde et monte.

Voilà pourquoi il m'a semblé qu'il serait utile et piquant de représenter un philosophe millionnaire, professant un souverain mépris pour le luxe et la mode et les formes extérieures dont le culte est si

vain, si bizarre , si despotique. Affecter un grand
dédain pour l'opulence et ses splendeurs quand on
ne peut y atteindre, c'est chose facile et commune
et parfois même ridicule. Mais subir fièrement et
rechercher même, de propos délibéré, les mépris et
les affronts d'une misère apparente, quand on possède
et le génie et la science et des millions : c'est aussi
rare que généreux.

Ce n'est pas à dire que les incartades du *Diogène
millionnaire* contre le culte exagéré de l'or et des
titres, du luxe et des formes extérieures , ne soient
un tant soit peu exagérées. Mais je laisse à la raison et
au bon sens du lecteur le soin d'en faire justice, et
je compte obtenir grâce devant lui : car il sait fort
bien que, dans la satire et la comédie comme dans le
dessin et, en général, dans tous les arts d'imitation ,
on est obligé souvent d'exagérer les traits et les sentiments et les points de vue pour les faire mieux
ressortir.

Il est évident que, s'il n'en était point ainsi, Juvénal
tout entier et les plus beaux chefs-d'œuvre de Molière
et de Shakspeare, etc., seraient absurdes, ridicules,
impossibles.

LES FRONDEUSES

LES

FRONDEUSES

SATIRES ET POÈMES

LA MODE

SATIRE.

Au progrès, en ces mots, la Mode nous invite :
« Un habit bien taillé, tel est le vrai mérite,
« Parez et vernissez, d'un beau vernis, ces chairs
« Où la passion grouille, où pullulent les vers ;
« Consacrez à ce but arts, progrès et science,
« Et des siècles passés la longue expérience.

« A moi ! littérateurs, académiciens,

« Poètes, orateurs, peintres, physiciens,

« Que vous sert de pâlir pour écrire un beau livre ?

« Je suis la Mode et viens pour vous apprendre à vivre.

« Cessez d'interroger la nature et les cieux ;

« Au siècle de lumière ouvrez enfin les yeux.

« Inventez-moi corsets, jupons et percalines,

« Pommades, blancs de fard, perruques, crinolines,

« Et les rois, l'œil fixé sur vos inventions,

« Feront pleuvoir sur vous les décorations.

« La nature radote, étouffons la nature ;

« Élargissez les flancs et serrez la ceinture.

« Imitez des tonneaux les gracieux contours,

« Femmes ! rivalisez d'ampleur avec les tours. »

1857.

L'INTUITION.

MÉDITATION POÉTIQUE.

> Oh ! qui me donnera des ailes !

La raison par la foi fait monter l'âme aux cieux ;
Or, la foi couronna les martyrs radieux.
Sous la dent des lions ces riantes victimes
Faisaient trembler les rois et foudroyaient les crimes.
Plongés dans l'océan de la Divinité,
Ils s'enivraient d'amour, de gloire et de beauté.
Sur le pauvre souffrant, l'éternelle substance
Fait jaillir des torrents de féconde espérance,
A travers mille maux verse mille plaisirs ;
Devant eux les objets des terrestres désirs,
Rayons décolorés que la folie adore
Sont des ombres fuyant sous les feux de l'Aurore.

Le monde est un tableau sublime où sont dépeints
D'un astre étincelant quelques reflets éteints,

Un jeu d'un ouvrier qui mit en son ouvrage
Un mobile miroir d'une immobile image.
Devant cet océan, ce peintre, ces clartés,
Le sage, environné d'invisibles beautés,
Secouant le fardeau de sa prison mouvante
Comme l'aigle qui brise une chaîne impuissante,
S'élance libre et fier dans les splendeurs des cieux,
Et dans l'immensité plane majestueux,
Et franchissant du temps la barrière invincible
S'avance en frissonnant dans les champs du possible,
Dérobe le flambeau de la Divinité ;
De son règne sans fin sonde l'immensité.
L'Infini se dévoile à ses yeux face à face,
Les anges étonnés admirent son audace,
Et la terre à ses pieds est un frêle rouet
Que le souffle de Dieu lança comme un jouet.
D'un soleil éclatant pâlissante planète,
Elle rampe en son orbe où mugit la tempête.
Et le soleil lui-même est un humble flambeau,
Sombre comme la nuit devant le jour nouveau.
D'autres astres géants timide satellite,
Autour d'eux à son tour parcourant son orbite,
Immobile à nos yeux mais dans l'immensité,
Plus vite que l'éclair en sa course emporté,
Entraînant avec lui les globes de lumière,
Comme un souffle de feu, les torrents de poussière,

Et de ces vastes corps le globe illimité

Est un point insensible en l'espace jeté.

Mon esprit croit en vain embrasser cet espace,

Toujours multiplié, toujours il le dépasse ;

C'est un cercle intangible, infini tout autour,

Dont le centre est partout, nulle part le contour (1)

Dans ce cercle infini les nations puissantes,

Les vastes continents et les mers frémissantes

Sont des gîtes étroits sur des gouffres béants

Où s'agitent des nains qui se disent géants.

---

(1) C'est un cercle dont le centre est partout, la circonférence, nulle part. (PASCAL).

On peut trouver étrange cette supposition du mouvement du soleil, non plus autour de la terre, mais autour d'un autre soleil, avec tout le système des étoiles appelées fixes, et de ce second soleil, à son tour, avec son système, autour d'un autre et ainsi de suite indéfiniment, et de cette longue hiérarchie de soleils et de mondes croissant en grandeurs et en distances comme autant d'infinis de divers ordres. Qui sait cependant s'il n'en est point ainsi ? Personne ne peut l'affirmer. Nous ne connaissons que le mouvement relatif. Le mouvement absolu échappe à nos prises et dépasse tous nos moyens d'investigation. L'esprit se perd et reste comme foudroyé dans la contemplation de cette infinitude de l'étendue que Dieu remplit tout entier de son invisible substance, tout entière en tous lieux, et de la fécondité divine qui peut semer éternellement dans cet espace, les soleils et les mondes, comme nous semons les myriades de grains de blé dans nos champs sans en diminuer en rien l'étendue et la capacité.

Que la terre est petite à qui la voit des cieux !

L'un d'eux, les dépassant comme un houx la bruyère,
A ses pâles rivaux fait mordre la poussière ;
Sous sa rage roulaient mille ennemis tremblants ;
A grand fracas croulaient leurs palais chancelants,
Alors de l'Eternel il crut saisir la foudre,
En frapper les cités et les réduire en poudre ;
Il crut de ce qui naît oubliant le destin
Que son règne d'un jour n'aurait jamais de fin.
En son impie orgueil s'égalant à Dieu même,
Se croyant ici-bas dominateur suprême,
Il portait jusqu'aux cieux son front triomphateur :
Un petit grain de sable écrasa sa grandeur.
Grand Dieu ! de l'homme à toi qui verra la distance ?
Qui dira les effets des jeux de ta puissance ?
Toi seul de ta bonté connais la profondeur.
Oh ! qui me donnera d'entrevoir ta grandeur ?
Quand pourrons-nous, laissant les mondes en ruines,
Monter jusqu'aux sommets de tes saintes collines ?
Grand Dieu ! quand viendra-t-il ce beau jour où mon cœur
Epanchera son être au sein de son auteur ?
Pauvre enfant exilé quand verrai-je mon père ?
Quand pourrai-je sourire au regard de ma mère ?
Oh ! qui t'emportera sur des ailes de feu,
Mon âme ! pour voler où réside ton Dieu ?
Quand finiront les jours d'une trop longue attente ?
Quand verrai-je de près la lumière éclatante

Dont les lointains reflets m'inondant de plaisir,
De posséder la source accroissent mon désir?

. . . .

. . . .

Où vais-je, Muse sainte, à mes timides yeux
Daigne au moins tempérer la splendeur de ces feux!
Toi qui ravis mes sens, ardente et douce flamme,
Viendrais-tu m'annoncer que le Dieu de mon âme,
De ma prison de boue a brisé les liens
Pour étancher ma soif aux sources des vrais biens?
Donne-moi l'innocence et le dédain du monde
Pour boire sans mourir l'Infini qui m'inonde!

1851.

HYMNE A LA CRÈCHE.

Vrai fils de l'Eternel, plus ancien que les ans,
Dans le temps engendré, tu fus avant les temps.
Toi-même l'ouvrier, toi-même ton ouvrage,
Dans tes œuvres toujours tu gravas ton image.
Infini, tout-puissant, immuable, éternel,
Tu daignas te couvrir des langes d'un mortel.

Toi devant qui les cieux, les mers, la terre tremble,
Qui vois comme un néant tout l'univers ensemble,
Toi qui créas les temps et qui ne peux finir,
Toi que le monde entier ne saurait contenir,
Toi qui pouvais, d'un mot, réduire l'homme en poudre,
Tu laissas là, pour lui, ta grandeur et ta foudre.

Tu laissas tes palais, tes anges radieux ;
Pour lui, tu déposas les éclairs de tes yeux,

Et, voilant de ton front l'éclatante lumière,
Tu devins faible enfant dans le sein d'une mère,
Et, d'une auguste vierge, un adorable flanc
Porta neuf mois un Dieu sous les traits d'un enfant.

O femme ! O Vierge-Mère ! O mystère ineffable !
De grossiers animaux, dans une pauvre étable,
Ont frémi tout à coup de saints frémissements,
Et l'Enfant-Dieu naquit et ses vagissements,
Attestant que pour l'homme il s'offre, humble victime,
Ont fait rugir Satan au fond de son abîme,

Et les anges ravis, dans les splendeurs des cieux,
Accourent adorer leur Maître glorieux.
Le jour s'est écoulé.... la nuit étend son voile,
Et les mages, suivant l'intelligente étoile,
Trouvent leur Dieu naissant au sein de la douleur,
Une mère en ses bras tenant son Créateur.

Et l'astre, sur le toit s'inclinant en silence,
Adore son auteur ; puis, dans l'espace immense,
Va dire, en tressaillant, aux globes radieux
Qui, dans l'immensité, planent majestueux :

« En un petit réduit d'une pâle planète,
« Qu'agitent les autans, qu'insulte la tempête,
« Le pilote suprême a voilé sa grandeur,
« Et d'une Créature est né le Créateur. »

Et les astres géants, dans la céleste voûte,
Chantent un hymne immense et suspendent leur route.
C'est toi qui, des forfaits dégageant les pécheurs,
Changes en saints pensers les monstres de leurs cœurs ;
De la foi de tes saints tu pénètres l'impie,
Et dans les corps éteints tu fais rentrer la vie.

Et les morts étonnés, au fond de leur tombeau,
Ont senti dans leurs flancs couler un sang nouveau.
Que ta foi dans mon cœur soit à ma dernière heure,
Homme-Dieu ! tu parus dans la sombre demeure ;
Pour appeler les tiens au palais éternel,
Dans le règne des morts tu marchas immortel ;

Et l'ange de la nuit, qui veillait là, sans trêve,
Accourut sur tes pas en abaissant son glaive
Et saluant le roi du triomphe à venir,
Tu nais sans commencer et tu meurs sans finir ;

Secouant du tombeau les impuissantes chaînes,
Tu commandes au sang de rentrer dans tes veines !

Et le sang dans ta chair à ta voix a coulé,
Et d'effroi, devant toi, la Mort a reculé.
Puis, versant sur tes pas des fleuves de lumière,
Tu remontas aux cieux, à côté de ton Père ;
A celui qui t'engendre en sa divinité,
Seul égal, trois fois un, triple dans l'unité !

25 décembre 1852.

LES TABLES TOURNANTES.

SATIRE.

UN CROYANT ET UN ATHÉE.

Le Croyant.

Tout fait qui se produit rencontre un fait pareil :
Chaque planète tourne autour de son soleil,
La lune tourne autour de la terre mouvante ;
Aux lois de l'univers toujours obéissante,
La terre tourne autour du soleil, vaste aimant :
Ce brillant roi du jour tourne rapidement,
Immobile à nos yeux, mais, humble satellite,
Autour d'autres soleils décrivant son orbite.

Tout tourne dans les cieux et tout tourne ici-bas ;
O table, pourquoi donc ne tournerais-tu pas ?

Des faibles passions les fougueuses tempêtes
Comme en un tourbillon font tournoyer les têtes.
En vain tu prétendrais, mortel audacieux !
Arrêter du courant l'effort impétueux :
Des bords de la Tamise aux rives du Bosphore,
La passion dit : « Tourne, ô mortel ! tourne encore ! »

Tout tourne dans les cieux et tout tourne ici–bas,
O table, pourquoi donc ne tournerais-tu pas ?

Sans pouvoir étancher l'ardeur qui le dévore,
L'homme s'agite autour d'un métal qu'il adore
Le magique contact d'un sable chatoyant,
Que l'habitant des bois foulait insouciant,
Que la terre insultait dans ses grottes profondes,
A tourné les esprits et remué les mondes.

Tout tourne dans les cieux et tout tourne ici–bas,
O table, pourquoi donc ne tournerais-tu pas ?

Un liquide au métal dans Paris se marie,
Et des bords de la Seine aux champs de l'Ibérie,
Un fil révélateur de joie ou de danger,
Immobile et pourtant rapide messager,

Fait tourner à mon gré l'aiguille intelligente,
Et sème ma pensée en sa langue savante.

Tout tourne dans les cieux et tout tourne ici-bas,
O table, pourquoi donc ne tournerais-tu pas?

Ce principe qui porte en mon sein les pensées,
Et riant au présent, rêve aux choses passées,
Et, tout caché qu'il est, sent, veut, se montre en moi,
Dit à mon corps : « Va! viens... plus vite!... arrête-toi! »
Et le corps, ignorant qu'en lui réside un maître,
Obéit à sa voix... Aux ordres de cet être
Invisible et présent qui règle tous mes pas,
O table, pourquoi donc n'obéirais-tu pas?

A l'auguste nature arrachant ses longs voiles,
Le Roi de l'univers marchait vers les étoiles :
Sous ses doigts frémissants un faible bois tourna :
Le fait était nouveau, l'homme s'en étonna.
Les mortels oubliant qu'en eux tout est mystère,
Pour expliquer leur corps remuant la matière,
Evoquèrent tremblants des esprits ténébreux,
Sans songer à l'esprit qui vit et règne en eux.

L'athée.

—Tous les peuples ont cru, dès le berceau du monde,
Qu'ils ont du Tout-Puissant une empreinte profonde :
Erreur ! peuples ! erreur ! Mais ce qui me confond,
Ce qui cache à ma vue un mystère profond,
C'est le chapeau tournant, c'est la table tournante :
Mon âme, à ce prodige, interdite et tremblante,
Dans un bois de noyer qui la saisit d'effroi,
Enfin trouve son Dieu, sa lumière, sa foi !
O table, qui dira ta vaste intelligence?
Sublime guéridon, j'adore ta puissance.

D'un grain menu jeté dans un épais limon
Que le soc outrageant creuse en un long sillon,
J'ai vu naître l'ormeau dont l'ombre tutélaire
Contre un soleil brûlant m'offre un toit salutaire,
Qui, mariant le lierre à son tronc amoureux,
Protège des oiseaux le lit harmonieux,
Et féconde à son tour le sol qui le féconde.

J'ai vu l'ordre infini qui règne dans le monde,
Le prisme reflétant de mobiles couleurs,
Le vallon rajeuni par l'incarnat des fleurs,

Le calice odorant qui ne fait que d'éclore,
Et s'ouvre avec amour aux baisers de l'aurore.

J'ai vu, loin du côteau qui lui donna le jour,
Et des beaux lieux témoins de son premier amour ,
L'hirondelle fuyant les neiges de nos plaines ,
Demander un asile à des plages lointaines.

J'ai vu l'aimant sur lui faire voler le fer ,
L'arrêter suspendu dans le vide de l'air ;
J'ai senti dans mon sein un esprit qui m'enflamme ;
J'ai vu mon corps docile à la voix de mon âme ;
De la mer en courroux le flot majestueux,
Le soleil fécondant la terre de ses feux ,
Les astres, vaisseaux-rois, dans la céleste voûte ;
Sans mâts, sans nautonniers suivant toujours leur route,
Dans l'espace infini qu'ils ne connaissent pas,
Sans s'arrêter jamais, sans dévier d'un pas ;
J'ai vu... Mais tous ces faits aussi vieux que le monde ,
Frappent d'un faible esprit l'ignorance profonde ,
Ils ne m'étonnent point... Ah ! ce qui me confond ;
Ce qui voile à mes yeux un mystère profond ;

C'est le chapeau roulant , c'est la table roulante !
Mon âme à ce prodige , interdite et tremblante ,

Dans un bois d'oranger qui la saisit d'effroi ,
A reconnu son Dieu , sa lumière, sa foi !
O table, qui dira ta vaste intelligence ?
O guéridon savant , j'implore ta science !

Le Croyant.

Dans son cœur le méchant nia son Créateur ,
Il crut dans la nature embrasser son auteur :
Et la foi se voila, la foi , flambeau suprême :
Puis tout fut Dieu pour l'homme , excepté Dieu lui-même.
Le savant sur la boue a concentré ses yeux ,
Ses yeux qui furent faits pour contempler les cieux.
Dès-lors il méconnut l'auteur de toute chose
Et l'effet à sa vue est devenu la cause.
« La nature , c'est tout ! âme, principe et fin,
« Corps, esprit, tout en sort, et tout y entre enfin. »
Il dit et, pour cacher sa superbe ignorance
Et d'un air de grandeur voiler son impuissance ,
Il inventa des mots : AGENTS ! ATTRACTION !
PESANTEUR DE LA TERRE ET GRAVITATION !
ATOMES ÉTHÉRÉS ! RAYONS CALORIFIQUES !
FLUIDES ANIMAUX et COURANTS MAGNÉTIQUES !
Et l'homme, en redisant ces mots prétentieux ,
Crut avoir dérobé tous les secrets des cieux.

« Enfin, dit-il, je nage en des flots de lumière ;

« La nature visible est l'essence première.

« Mais ce qui m'éblouit, mais ce qui me confond,

« Ce qui voile à mes yeux un mystère profond,

« C'est le chapeau tournant, c'est la table tournante !

« Mon âme à ce prodige, interdite, tremblante,

« Dans ce bois vermoulu qui me remplit d'effroi,

« A mis son avenir, sa lumière, sa foi.

« O table, qui dira ta vaste intelligence ?

« Ombre du guéridon, j'implore ta clémence. »

Faux sages, vains esprits, superbes follement,

D'où viennent ces transports et ce frémissement !

La matière agissant sur l'inerte matière,

Insensés, est cent fois un plus profond mystère

Que l'homme remuant des corps par le vouloir,

Et par là de son Dieu reflétant le pouvoir,

. . . .

. . . .

Il dit : « Lumière, sois ! » Et la lumière fut !

« Monde, sois fait de rien. » Et le monde apparut !

« Vous, planètes, tournez autour de vos étoiles !

« Toi, nuit, succède au jour. » Et la nuit prend ses voiles ;

Les globes à leur poste accourent radieux ;

Autour de leurs soleils tournent harmonieux.

Alors se recueillant : « Achevons notre ouvrage !
« Dit-il, que les humains soient faits à notre image. »
Et, prenant du limon, il en forma nos corps ;
Puis, de son infini déployant les trésors,
Il tira de son sein une immortelle flamme,
Un rayon de sa face, en façonna notre âme,
Lui dit : Commande aux corps, soumets-les à ta loi,
« Et règne sur le monde en adorant ton roi... »
Et l'homme fut créé reflétant sa puissance :
Le monde à son aspect s'inclinait en silence,
Le cheval indompté sous son maître frémit ;
L'éléphant gigantesque à sa voix se soumit ;
Il plia sous ses lois la nature féconde,
Les trésors des forêts, de la terre et de l'onde,
Et pour régler les temps, son œil audacieux,
Dans le tour d'un compas a mesuré les cieux ;
Par l'ardente vapeur, dans sa féconde audace,
Sur l'aile d'une roue il dévore l'espace ;
Puis, sur un frêle esquif étrange passager,
Il va sonder les airs, oublieux du danger.
Ciel ! déjà la montagne et les villes tremblantes
Ne sont plus à ses pieds que des taches branlantes.

L'Athée.

Tous ces faits sont bien vieux ! le dernier a cent ans !
Tout prodige s'éteint sous l'outrage du temps :

Ou sa torche en courant dévoile les mystères,
Ou le progrès les compte au nombre des chimères ;
Mais ce qui me transporte et ce qui me confond.
Ce qui voile à mes yeux un mystère profond,
C'est le chapeau roulant, c'est la table roulante,
Mon âme à cet aspect interdite et tremblante,
Dans ce bois de sapin incomparable auteur,
Écoute en frémissant son prêtre et son docteur !
O divin-guéridon, apprends-moi ta science !
Silence et chapeau bas ! il ouvre la séance !.....

1853.

Lyon. — Imprimerie d'Aimé Vingtrinier quai Saint-Antoine, 36.

UN VIEILLARD

PLANTANT UN JEUNE ARBRE.

Tu vas naître, jeune arbre, et moi je vais mourir,
Naître et mourir !! telle est la loi de la nature.
La plante germe au tronc qui demain va périr.
Ces fleurs à d'autres fleurs lègueront leur parure.

Un jour, le rossignol perché sur mes ormeaux
Charmera ces beaux lieux de son joyeux ramage.
Et moi, je dormirai sous le poids des tombeaux,
Quand mes petits neveux assis sous tes rameaux
Du récit des vieux temps charmeront leur jeune âge.

A ton ombre peut-être ils penseront à moi ;
Dis-leur en grandissant : « Cette belle vallée
Avait de vos aïeux les vertus et la foi :
Leur ombre auprès de vous reviendra consolée
Si toujours de l'honneur vous adorez la loi. »

L'OMBRE DE CORNEILLE A RACHEL.

Euripide et Sophocle, au temple de mémoire,
Souvent, pour me fêter, m'ont parlé de ta gloire,
Tous deux, les yeux fixés avec amour sur toi,
M'ont dit, en s'inclinant, qu'ils sont jaloux de moi

« Rachel par son génie et sa voix admirables,
Fait jaillir de tes vers des beautés adorables ;
Rachel te rajeunit dans la postérité,
Rachel double tes droits à l'immortalité,
Alors que de nos chants ruisselants de génie,
Sur les bancs de l'école on flétrit l'harmonie. »
Ainsi me redisaient les rois de l'Hélicon
Et ses échos au loin multipliaient ton nom,
Et Racine et les siens de joie en tressaillirent,
Et nos pâles rivaux à nos pieds en frémirent,
Auprès de Champméslé Talma même, Talma,
D'un noble enthousiasme avec nous s'enflamma,
Et, sur ton piédestal, il déposa lui-même
Le plus riche fleuron de son grand diadème.
Pour moi, si je pouvais redevenir mortel,
Je passerais mes jours près de toi, ma Rachel,
J'échaufferais ma verve au souffle de ton ame,
Ta voix de mon génie animerait la flamme,
Mon front rayonnerait sous ton front radieux,
Et je m'élèverais avec toi vers les cieux,
Disant : « Gloire à Rachel ; ma grandeur est la sienne. »
Et si j'étais le Cid, tu serais ma Chimène ;
Je donnerais pour toi les splendeurs des Césars,
Et mon plus beau laurier pour un de tes regards.

A MADAME DE S.

Sous tes doigts le piano, comme un cheval fougueux,
Mais docile à la voix triomphante du maître,
Vit et parle et s'enflamme et prend un nouvel être,
Bondit, monte, descend, remonte vers les cieux ;
Gémit comme un zéphyr, mugit comme l'orage,
Passe rapidement de l'amour à la rage.

Tantôt calmes et doux et tantôt frémissants
Ses élans font courir le frisson dans nos sens.

Il s'apaise et s'endort : soudain le cri de guerre
Retentit... il hennit, frappe du pied la terre,
Souffle aux indifférents la fureur des combats,
Transforme sa furie en indolents ébats ;
Soupire mollement, fuit et s'arrête et vole.

Au bois inanimé tu donnes la parole ;
Tu nous fais tressaillir et passer tour à tour,
Des ombres de la mort aux clartés d'un beau jour.
Artiste aux sons puissants, d'où te vient cette flamme
Qui dompte, émeut, ravit et transporte notre âme ?
Ton clavier frémissant, dans ses vibrations,
Soulève tour à tour toutes les passions,
Nous fait rire et pleurer, fait briller sur nos têtes
Les éclairs, et gronder la foudre et les tempêtes ;
Nous saisit, nous entraîne et par sauts et par bonds
De l'ombreuse vallée aux abîmes, aux monts.
Il se taît et sa voix palpitante et sonore
Parle encore à nos sens comme une ardente aurore,
L'ange des sons divins et le souffle de Dieu
Baptisèrent ton front d'un baptême de feu ;
Une muse entoura ton berceau : l'harmonie
A son gré façonna tes doigts et ton génie.

FRÉDÉGONDE ET BRUNEHAUT

TRAGÉDIE EN TROIS ACTES,

PERSONNAGES.

MÉROVÉE, fils de Chilpéric, roi de Neustrie, et d'Audovère première femme de Chilpéric.

CHILPÉRIC, roi de Neustrie.

FREDEGONDE, troisième femme de Chilpéric.

BRUNEHAUT, fille d'Athanagild, roi des Visigots d'Espagne, veuve de Sigebert roi d'Austrasie, amante de Mérovée.

ÉLAUR, sœur de Brunehaut.

SAINT GRÉGOIRE, historien, évêque de Tours.

BOZON, seigneur franc.

LANDRIC, écuyer et amant de Fredegonde.

Une suivante de Fredegonde.

Messagers, écuyers et soldats de Fredegonde, de Chilpéric et de Brunehaut.

La scène est à Paris, au 6e siècle, dans le palais des Mérovingiens.

FRÉDÉGONDE ET BRUNEHAUT

TRAGÉDIE EN TROIS ACTES.

ACTE 1.

La scène représente une salle d'armes du palais. Francisques, framées et boucliers et autres trophées suspendus çà et là aux murs de la salle.

Au fond, un boudoir où Frédégonde, au lever du rideau, est assise à côté de Landric.

SCÈNE I.

FRÉDÉGONDE, LANDRIC.

LANDRIC.

Quand pourrai-je sans crainte aimer ma souveraine ?
Le jour où Chilpéric vous fit épouse et reine,
Mon bonheur s'est enfui.

FRÉDÉGONDE
Landric, il reviendra,

Au gré de nos projets tout se terminera ;
Tu m'aimas quand j'étais une simple bergère,
Tes soins m'ont amenée au palais d'Audovère.
C'est toi qui me tiras de mon obscurité ;
Penses-tu donc me vaincre en générosité ?
Non ! c'est pour t'élever, Landric, au rang suprême
Que j'ai fait mille efforts pour ceindre un diadème ;
Le trône où je m'assieds est fait pour nous unir.
Ne crains pas, le passé répond de l'avenir.
Par les séductions, le poignard et la feinte,
Je marche à notre but lentement, mais sans crainte ;
La fortune toujours sourit à mes desseins :
La couronne me plaît : je la veux, je la ceins ;
Sans laisser de t'aimer, je fascine et j'enflamme
Chilpéric qui bientôt me préfère à sa femme.
Il relègue à jamais Audovère au couvent.
Plus tard, ce roi sans foi qui change au gré du vent
M'oublie, et va chercher au pays de l'Ibère,
La sœur de Brunehaut, épouse de son frère ;
Il l'épouse et l'adore et je commets au temps
Le soin de ramener ses désirs inconstants.
L'événement, tu sais, couronna mon attente :
Galsuinde a cessé d'être et je suis tout puissante.
Sa sœur, pour la venger, fait marcher Sigebert,
Il ravage nos champs par la flamme et le fer.
Devant ses légions tout se rend, fuit ou tombe...
Il chantait son triomphe et j'ai creusé sa tombe...
Tout tremble sous mes coups : ennemis et sujets :

Ils disent qu'un démon bénit tous mes projets.
Brunehaut dans Paris se retranche... j'arrive,
Je cerne les remparts ; ma rivale est captive.
Et je t'aime toujours... on l'ignore et le roi
Ne voit, n'entend, ne veut, n'ordonne que par moi.
Son aîné, Theudebert, m'inspire de l'ombrage
Je le rends odieux... sa mort est mon ouvrage,
Mais.., le moment approche où le roi doit venir,
Avec son Mérovée, ici s'entretenir...
Il préfère à mes fils cet enfant d'Audovère ;
Dans l'exil ou la mort il rejoindra sa mère :
Je l'ai résolu... mais... il faut nous séparer.

LANDRIC.

Adorables moments ! pourquoi si peu durer !

FRÉDÉGONDE.

Tu m'aideras, Landric, à préparer la trame..

LANDRIC.

Reine, ordonnez; mon bras, mon fer, mon sang, mon âme
Sont à vous.

FRÉDÉGONDE.

L'heure approche ; à tantôt, mon Landric.
Il sort, Frédégonde se drape dans son manteau royal et s'avance
sur la scène.

SCÈNE ·II.

FREDEGONDE seule.

Tu ne soupçonnes pas ma ruse, Chilpéric !
Et ton fils moins encor.. sa Brunehaut l'enflamme.
Bercé par un doux songe aux bras de cette femme,
Il me déteste... Eh bien ! mes piéges sont tendus.
Vos vœux seront trompés, vos projets, confondus.
Mérovée ! en ses mains Frédégonde a ta vie :
Ou tu feras la guerre au roi de l'Austrasie ,
Et Brunehaut, trouvant dans son adorateur
Un traître, changera son amour en horreur :
Ou tu résisteras aux ordres de ton père,
Et dès lors contre vous j'enflamme sa colère.
Le voici.

Mérovée s'avance lentement avec Gailenus... Dès qu'il aperçoit la
reine, il se détourne et s'avance du côté opposé sur la scène.

FRÉDÉGONDE (à part).

Quel regard de mépris ! quel orgueil !
Triomphe, enfant !! demain s'ouvrira ton cercueil.

(Elle sort)

SCÈNE III.

MÉROVÉE, GAILENUS.

MÉROVÉE.

Ce monstre change en deuil ma riante jeunesse.

GAILENUS.

Bannissez, bannissez ces ombres de tristesse,
Mon prince !

MÉROVÉE.

Puis-je encore, au milieu des malheurs
Amoncelés sur nous, oublier nos douleurs ?
La grêle, l'ouragan, la peste, la famine
Semblent des Neustriens présager la ruine:
Ainsi Dieu, quand les grands foulent aux pieds ses lois,
Venge sur les états les désordres des rois.
Cependant Frédégonde entasse ses victimes,
Se plonge dans le sang et se gorge de crimes.

GAILENUS.

Dissimulons afin d'échapper à ses coups...
Sous un air d'amitié cachez votre courroux.

MÉROVÉE.

Moi ! je pourrais flatter ce monstre plein d'envie !
Ami ! c'est attacher trop de prix à la vie.

GAILENUS.

Sur vous les Neustriens ont fondé leur bonheur ;
Pour sauver la patrie il faut vivre, seigneur,
Ce but est une gloire...

MÉROVÉE.

Et ce moyen, un vice.
Flatter le crime heureux c'est être son complice,

La bassesse jamais n'a conduit au bonheur ;
Ne préférons donc point l'existence à l'honneur.
Frédégonde à sa perte entraînera mon père ;
Elle a fait enfermer en un couvent ma mère,
Et veut de notre sang inonder ce palais.
Ma mère ! était-ce là le prix de tes bienfaits !
Du chaume par tes soins portée auprès du trône,
Elle usurpa ta couche et ravit ta couronne.
Tu guidais par tes soins et tes nobles avis,
Au chemin de l'honneur, les enfants de Clovis,
Ma mère ! en ce palais rayonnante et chérie,
Tu faisais avec nous l'orgueil de la patrie.
Comme un songe riant notre bonheur s'enfuit :
Nos beaux jours sont changés en une sombre nuit.
Et je ménagerais l'auteur de tant de crimes !
Je serais insensible aux cris de ses victimes !..
Ma mère ! Brunehaut ! que diriez-vous de moi ?

GAILENUS.

Brunehaut n'a jamais douté de votre foi.

MÉROVÉE.

Je l'aime, Gailenus ! dès le jour que mon père
M'envoya vers les bords arrosés par l'Ibère.
La princesse m'aima .. mais, ô sort inhumain !
Son père Athanagild avait promis sa main.
La mort de Sigebert lui rend l'indépendance,
Et mon âme salue un rayon d'espérance ;

Malgré ses longs revers et sa captivité,
Frédégonde à sa vue abaisse sa fierté.

GAILENUS.

Songez-y, pour parer les traits de sa vengeance,
Il faut, seigneur, il faut chercher une alliance
Qui mette entre vos mains des armes, des soldats,
Des peuples, des trésors, des amis, des états.
Et vous allez, saisi d'une funeste ivresse,
Enchaîner votre sort au sort d'une princesse
Que tous ont délaissée au jour de ses malheurs :
Elle a pour tout trésor des chaînes et des pleurs.

MÉROVÉE.

Elle en est à mes yeux plus auguste et plus belle;
Ses larmes ont nourri mon amour et mon zèle.
J'aime les malheureux... l'aiguillon des douleurs
Abat l'âme sans force, élève les grands cœurs.
S'il faut, d'ailleurs, s'il faut succomber dans la lutte,
Avec elle, mieux vaut la gloire de sa chute
Que l'opprobre de vaincre avec les oppresseurs :
Il est beau de mourir pour essuyer des pleurs.

GAILENUS.

Mon bras vous appartient... mais... voici votre père.

(Il sort).

SCÈNE IV.

CHILPÉRIC, MÉROVÉE.

CHILPÉRIC.

De nouveaux ennemis menacent la frontière.
Marche contre eux, mon fils.

MÉROVÉE.

        Vous me verrez, seigneur,
Triompher ou mourir pour vous au champ d'honneur.
Quel sont ces ennemis?

CHILPÉRIC.

      Les leudes d'Austrasie.

MÉROVÉE. à part

Ciel!

CHILPÉRIC.

   Loin de se soumettre aux princes de Neustrie,
Ils prétendent venger la mort de Sigebert,
Et rendre la couronne à son fils Childebert.
Sa mère Brunehaut leur a soufflé sa rage.
Il faut à sa naissance étouffer cet orage;
Frappe ces révoltés, soumets-les à mes lois.

MÉROVÉE.

Seigneur, ces révoltés sont armés pour leurs droits.

CHILPÉRIC.

Que viens-tu me parler de droit et de justice ?
Quand un rival me nuit j'ordonne qu'il périsse.
Le seul droit véritable est aux mains du vainqueur,
La France n'appartient qu'à des hommes de cœur.
De nos aïeux, mon fils, telle était la maxime.

MÉROVÉE.

Dépouiller l'orphelin en est-ce moins un crime ?
Si j'allais, oubliant mon sang et mon devoir,
Au fils de votre frère arracher son pouvoir ?..
Dans la postérité les chantres de la gloire
D'un vers réprobateur flétriraient ma mémoire.
N'est-ce donc point assez, seigneur ! que Brunehaut
Coule ses nobles jours dans l'ombre d'un cachot ?

CHILPÉRIC.

Brunehaut t'a séduit... ah ! perfide !..

MÉROVÉE avec tendresse.

Mon père !

CHILPÉRIC.

Défendrais-tu le fils si tu n'aimais la mère ?
Crains ma colère ou vole, en tête des guerriers,
Conquérir l'Austrasie, et cueillir des lauriers
Sors, gardes ! devant moi que Brunehaut paraisse.

MÉROVÉE d'un ton suppliant.

Pitié pour ses maux.

CHILPÉRIC.

Sors.

SCÈNE V.

CHILPÉRIC.

     Il l'aime avec ivresse,
S'ils s'unissent, c'est fait bientôt de mes états :
Il est l'orgueil du peuple et le dieu des soldats ;
Il déploya cent fois un courage indomptable ;
Avec lui Brunehaut serait trop redoutable...
Qu'elle parte,.. en sa cour mes assassins sont prêts.
Frappons-la dans sa cour plutôt qu'en mon palais.
Qu'elle parte, et donnons, à ses yeux, l'apparence
Du pardon, à ce trait de sage prévoyance.

SCÈNE VI.

CHILPÉRIC, BRUNEHAUT, ELAUR.

BRUNEHAUT, à part, au fond du théâtre, entourée de gardes et
voilée des crêpes du veuvage.

Faudra-t-il à jamais voir le juste souffrant,
L'innocent opprimé, le crime triomphant ?

S'il est vrai que tes yeux veillent sur l'innocence,
Au crime heureux, grand Dieu! fais sentir ta puissance.

CHILPÉRIC.

Approchez (les gardes se retirent).

BRUNEHAUT.

Me voici... je suis prête à la mort.
Mets un terme, il est temps, aux horreurs de mon sort.

CHILPÉRIC.

Madame, apaisez-vous. Le malheur vous égare,
Vous ne voyez en moi qu'un ennemi barbare
Quand je veux à l'outrage opposer les bienfaits,
Quand je viens vous offrir les gages de la paix.

BRUNEHAUT.

Ma sœur et mon époux me laissent trop entendre
De tes gages de paix ce que je dois attendre.
Galsuinde et Sigebert! vous connaissez la main
Qui vous jura la foi pour vous percer le sein.
Oui! le sang de ta femme et le sang de ton frère
Immolés par ton ordre...

CHILPÉRIC vivement.

Arrête, téméraire!
Si ton sexe et mon rang ne me défendaient pas
Les épreuves du feu, de l'onde et des combats,
Dans la lice avec toi je descendrais moi-même
Pour demander à Dieu son jugement suprême.

BRUNEHAUT, (lui jetant un gantelet).

Viens! viens, je te défie au jugement de Dieu,
Où sont les flots bouillants, les glaives et le feu?
Viens! le ciel confondra le meurtre et le parjure.

CHILPÉRIC.

Je pourrais dans ton sang effacer cette injure ;
Mais un grand cœur pardonne et ne se venge pas.
Sois libre et, dès ce jour, rentre dans tes états.

UNE SUIVANTE arrivant précipitamment.

Seigneur! le noir fléau qui rongeait vos provinces,
La peste est au palais, s'acharne sur les princes :
Les ombres de la mort s'étendent sur vos fils,
Et Frédégonde en pleurs remplit l'air de ses cris.

CHILPÉRIC.

Ciel !...

(Il sort)

SCÈNE VII.

BRUNEHAUT, ELAUR.

BRUNEHAUT.

Ou le crime ici devient la vertu même,
Ou ceci, tendre sœur, recèle un stratagème.
O toi dont l'amitié console mes malheurs,
Qui partageas toujours ma joie et mes douleurs,

Qui préféras pour moi, chère âme de ma vie !
Les ombres d'un cachot au beau ciel d'Ibéric,
Que penses-tu ?

ELAUR

Qu'il faut dès aujourd'hui partir :
D'avoir rompu tes fers on peut se repentir.
Fuyons... car ce palais est le règne du crime,
Fuyons .. car nous marchons ici sur un abîme

BRUNEHAUT.

Attendons Mérovée, il veut que, dès ce jour,
L'hymen secrètement couronne son amour.
Je l'aime et cependant fatale destinée !
Je voudrais voir ma vie à sa vie enchaînée,
Et je sens bouillonner à la fois dans mon cœur,
La crainte et les désirs, l'amour et la fureur.
Au lieu de la vengeance, ô ma sœur adorée !
Que sur ton corps sanglant Brunehaut t'a jurée,
Au fils de Chilpéric j'irais donner ma main
En ces lieux où le père a déchiré ton sein,
Où je crois voir encor tes lèvres expirantes
Contre leurs attentats protester frémissantes.
Ma Galsuinde ! en ces lieux où ton ombre en courroux
Chaque nuit, m'apparaît et me dit: « Venge-nous. »

ELAUR.

O toi que ton Elaur aime plus que son âme,
Pourquoi troubler ainsi ton innocente flamme ?

Ton amant n'est-il plus un prince généreux ?
Galsuinde l'admirait et bénissait vos feux.
Et d'ailleurs faudra-t-il, au printemps de notre âge,
Nous voiler, pour toujours, des crêpes du veuvage ?
Bannissons, bannissons ces soucis superflus,
Ces craintes d'offenser un époux qui n'est plus...
Penses-tu que des morts la cendre inanimée
De l'amour des vivants soit encore enflammée ?
Non, non ! pour Sigebert la glace du tombeau,
De l'hymen à jamais éteignit le flambeau.
Songe enfin que dans Metz tes leudes indociles
Menacent d'allumer les discordes civiles...
Contre eux et Frédégonde il nous faut un appui
Le prince est intrépide... eh ! qui peut mieux que lui
Combattre pour tes droits, affermir ta couronne,
Ecarter le danger qui partout t'environne.

BRUNEHAUT.

Et tu crois que j'irais céder avec ma main,
Les charmes et l'éclat du pouvoir souverain ?..
Tu crois que je ne puis affronter les tempêtes
Seule... et courber sous moi les plus superbes têtes ?..
Non ! non ! en façonnant en moi ce cœur altier,
La nature lui fit une trempe d'acier.
Moi qui, d'un front serein, ai déclaré la guerre
A ceux dont les poignards épouvantaient la terre,
Qui ferme comme un roc où s'acharnent les flots,
Déjouai mille fois leurs ténébreux complots,

Libre, j'aurais besoin d'autre appui que moi-même ?
Je veux non pas un roi mais un époux que j'aime.

ELAUR.

Pourquoi donc à ce prince objet de tes amours
Reprocher les forfaits de l'auteur de ses jours,
Le fils est innocent des crimes de son père.

BRUNEHAUT.

Son sang s'est épuré dans le flanc d'Audovère,
Et le roi n'était pas encore un assassin
Quand la reine portait dans son généreux sein
Ce prince... et puis, le sang, le lait, l'âme des mères
Forment les cœurs bien plus que le souffle des pères.
Mais pourquoi tant d'esprit pour engager ma foi,
Quand tout est conjuré contre lui, contre moi ?
Pour prix de la débauche assise au rang suprême
Frédégonde ceignit son front d'un diadème,
Et moi dont l'innocence est condamnée aux pleurs,
Moi sur qui dès longtemps pèsent tous les malheurs,
Moi que le désespoir et le deuil environne,
Moi que tout oublia, moi que tout abandonne
Excepté mon Elaur... je fermerais mon cœur
A qui voudrait donner son sang pour mon bonheur ?..
Mais que dis-je ? en mon rang l'amour n'a rien à faire ;
Sous les raisons d'Etat, tout ce feu doit se taire ;
Fille et mère de rois si je prends un époux,

C'est pour grandir mon nom et ma gloire avant tout,
Ma gloire, je la veux illustre dans les âges ;
Je veux semer les arts chez ces peuples sauvages ;
Je veux léguer aux Francs par mes soins, par mes mains,
Des ponts, des acqueducs dignes des vieux Romains ;
Ainsi je prouverai même après Zénobie,
Sapho, Sémiramis, Lucrèce, Cornélie,
Que la femme est puissante et que les grands desseins,
Comme les feux d'amour sont féconds dans nos seins :
Car en nous inondant de grâce et d'harmonie,
Le ciel nous donne aussi la force et le génie.

ELAUR.

Dans ces projets le prince engagé sous ta loi,
Avec toi marcherait d'un pas ferme, crois-moi,
Lui dont toujours le bras servit les nobles causes,
Lui dont l'âme toujours sourit aux grandes choses.
Le neveu de Clovis peut t'aider en ceci
En te laissant la gloire à toi, mais... le voici...

BRUNEHAUT.

Dieu ! c'est lui !

SCÈNE VIII.

Les mêmes MÉROVÉE.

MÉROVÉE.

Vous partez... et moi dans les alarmes,
Je vais traîner mes jours, loin de vous, dans les larmes,

Et je ne lirai plus mon bonheur dans vos yeux ;
Près de vous j'oubliais et la terre et les cieux ;
Près de vous je bravais la mort et Frédégonde...
Vous partez,.. désormais je reste seul au monde,
J'aurai beau demander, pour tromper mes ennuis,
Aux splendeurs de l'aurore, au silence des nuits,
Le sourire enivrant de celle que j'adore :
Ni le jour qui s'enfuit ni les feux de l'aurore
Ne rendront à mes vœux ma vie et mon amour ;
Et peut-être aujourd'hui je vous perds sans retour.
Des fiers Austrasiens souveraine adorée,
Dans l'éclat d'une cour, à jamais entourée
D'un flot d'adorateurs courbés à vos genoux,
Vous oublîrez celui qui n'adore que vous.

BRUNEHAUT.

T'oublier ! moi ! jamais ! ton âme généreuse
Règne sur tous mes sens... captive et malheureuse
J'ai béni la prison qui m'approchait de toi
Et fit couler les pleurs que tu versas pour moi.
Ton amour en douceurs a converti mes peines...
On me rend libre... hélas ! je regrette mes chaînes...
Je préfère aux clartés du plus riant des jours,
La nuit de mon cachot que charmaient nos amours.

MÉROVÉE.

Pourquoi donc fuyez-vous sans couronner ma flamme ?

BRUNEHAUT.

Mais, quel prêtre oserait bénir nos nœuds ?

MÉROVÉE.

Madame,

Il en est un.

BRUNEHAUT.

Lequel.

MÉROVÉE.

L'évêque Prétextat

Approuve notre amour... Ce courageux prélat
A qui ma mère en pleurs confia mon enfance,
M'a dit : « Je bénirai, s'il faut, votre alliance. »

BRUNEHAUT lui tendant la main.

Cher prince ! courons donc à l'ombre des autels
Enchaîner notre sort par des liens immortels.

ACTE II.

Même décoration qu'au premier acte.

SCÈNE I.

CHILPÉRIC seul.

Faudra-t-il à jamais de nouvelles victimes ?
Je suis las à la fin d'amonceler les crimes.
Ah ! mon fils !.. quoi ! le sang pourrait m'attendrir, moi ?..
Non ! non ! sors de mon cœur, nature, et place au roi...
Soyons dignes de nous... changeons cette allégresse

En funèbre appareil... en flamme vengeresse,
Les flambeaux d'hyménée et leurs brûlants transports,
Pour la lampe qui veille au froid chevet des morts.

SCÈNE II.

FRÉDÉGONDE, CHILPÉRIC.

FRÉDÉGONDE au fond.

Retire mes enfants des portes de l'abîme,
Grand Dieu, rends-moi mes fils et je renonce au crime.

CHILPÉRIC.

Je ressens comme vous les traits de vos douleurs ;
Mais vous ne savez pas encor tous nos malheurs :
Mon fils est devenu l'époux de l'ennemie,
Brunehaut avec lui contre nous s'est unie.

FRÉDÉGONDE.

Quand je vois mes enfants aux portes du tombeau,
Que me fait votre fils ? que me fait Brunehaut ?
Dieu veut multiplier contre nous la vengeance :
La voix de l'opprimé, le sang de l'innocence
Montent comme des flots : quand il frappe ses coups,
Qui pourrait résister aux traits de son courroux ?
Ah ! je ne suis donc plus la grande Frédégonde ?
Hier mon bras puissant faisait trembler le monde,
Etrangère à la crainte, insensible au remords,
J'aimais à triompher sur des monceaux de morts.

3

J'aimais, sur un coursier errant dans la nuit sombre,
L'œil des loups affamés étincelant dans l'ombre ;
Le cri de mort, tu sais, de l'ennemi vainqueur,
Comme un flot sur le roc se brisa sur mon cœur,
Quand ton frère, à Tournay... (1) Les éclats de l'orage,
Des peuples mutinés la turbulente rage,
Nos pâles ennemis sous mes coups expirants,
Pour mon âme de bronze étaient des jeux charmants,
Mais tu frappes mes fils, ciel ! et je suis vaincue,
Et Frédégonde tremble à tes pieds abattue.
Mon cœur est par leurs maux déchiré nuit et jour
Comme le tendre agneau sous la dent du vautour.
Il est donc des remords... je les sens dans mon âme
Plus tranchants que l'acier, plus brûlants que la flamme,
Des fantômes affreux errent autour de moi...
J'entends d'horribles voix qui me glacent d'effroi.
En vain j'adresse à Dieu ma tremblante prière.

CHILPÉRIC.

Ah ! vous m'épouvantez.

FRÉDÉGONDE.

　　　Pourquoi donc suis-je mère ?
Galsuinde, Sigebert se lèvent triomphants
Et leurs cris de vengeance étouffent mes enfants.

---

(1) Sigebert victorieux allait s'emparer de Tournay. Chilpéric
épouvanté voulait se rendre. Frédégonde envoie des assassins qui
tuent Sigebert, et donnent ainsi la victoire au roi de Neustrie.

DES FEMMES VOILÉES, en longs habits de deuil, traversent lentement au fond en priant.

Dieu qui vois nos alarmes,
Apaise ton courroux ;
Sois touché de nos larmes
Et détourne tes coups.

FRÉDÉGONDE.

Ah !

CHILPÉRIC.

Qu'est ceci ? pourquoi ces chants et ces prières
Et ces femmes en deuil, ces croix et ces bannières ?

FRÉDÉGONDE.

Pour apaiser les cieux, sous le saint étendard
On porte nos enfants aux pieds de saint Médard

UNE VOIX

Des fléaux l'infernale troupe
Sème la mort dans nos maisons ;
La peste de sa noire coupe
Epanche sur nous ses poisons.

CHOEUR.

Grand Dieu, dans ta clémence,
Ecoute notre voix,
Sauve ! sauve la France
Et le sang de nos rois.

UNE VOIX.

La mort de ses voiles funèbres
Couvre le chaume et les palais.
Dieu saint, dissipe ces ténèbres,
Rends-nous la lumière et la paix.
L'oiseau de mort dans ses serres cruelles
Des jours de nos enfants étouffe les flambeaux,
Et chaque battement de ses immenses ailes
Creuse et peuple mille tombeaux.

CHOEUR.

Exauce, exauce ma prière,
Dieu protecteur de Clotilde et des Francs,
Aux larmes aux cris d'une mère,
Dieu saint, Dieu bon, rends ses enfants.

(Arrive la litière où sont les enfants portée par des écuyers et couverte de voiles (1).

FRÉDÉGONDE se précipitant sur la litière qui s'arrête et soulevant les voiles.

Enfants, regardez votre mère !
Ciel ! il ne m'entendent pas.
Ils sont là froids..., malgré mes baisers, dans mes bras...
Les ombres du trépas
Errent déjà sur leur paupière.

(1) On sait qu'au rapport de saint Grégoire de Tours, Frédégonde fit porter solennellement, sur l'autel de saint Médard, ses fils attaqués de la peste.

SCÈNE III.

UN ÉCUYER entrant.

Reine ! le Saint.

(Saint Grégoire de Tours paraît :)

CHILPÉRIC.

Salut à l'évêque de Tours.

FRÉDÉGONDE se jetant à ses genoux.

Rendez-moi mes enfants, sauvez, sauvez leurs jours,
Grand saint !

GRÉGOIRE DE TOURS.

Dieu seul est grand ! Dieu seul est saint, Madame,
Dieu seul lie à nos corps ou détache notre âme :
Apaisez son courroux.

FRÉDÉGONDE.

Comment !

SAINT GRÉGOIRE.

Par les bienfaits
Et la clémence au lieu du meurtre et des forfaits...
Ecoutez... une main là bas... en traits de flamme
Trace mystiquement aux regards de mon âme
Ces mots : « Un cri sortant lugubre des tombeaux
« Contre un trône sanglant appelle ma vengeance ;
« Les crimes ont enfin lassé ma patience :
« Sur la couche usurpée assemblons les fléaux ;

« Les larmes de la veuve et sa juste prière
« Sur le sang de l'impie attirent ma colère. »

FRÉDÉGONDE.

Dieu ! Brunehaut ! mes fils...

SAINT GRÉGOIRE.

                Ils ont fermé leurs cœurs
Aux pleurs de l'innocent, et causé ses malheurs,
Et ses pleurs sont montés grossissant vers mon trône,
Et de leurs fils aux vents j'ai jeté la couronne :
Car j'entends des petits les soupirs innocents,
Et ma verge de fer fustige les puissants
Et j'ai dit à la mort : « Prends ton glaive et ma foudre,
« Arrache, frappe et coupe et brûle et mets en poudre
« Les projets de l'impie. » Et la mort étendant
Son bras livide armé d'une coupe et d'un glaive,
Coupait et renversait un double *olivier-franc*.

FRÉDÉGONDE.

Grâce ! grâce !

SAINT GRÉGOIRE.

            Et des troncs empoisonnait la sève,
Et la peste changeait les succès en malheurs,
Chaque goutte de sang en torrents de douleurs,
Et le roi couronnait son adultère flamme,
Et je l'ai vu mourir par la main de sa femme...

CHILPÉRIC.

Moi ! mourir ! par la main !..

(regardant Frédégonde et reculant d'effroi.)

FRÉDÉGONDE se jetant dans les bras du roi.

Tendre objet de ma foi !

Moi qui t'adore.. moi qui veux mourir pour toi.

SAINT-GRÉGOIRE.

J'ai dit : écrits au front des voûtes éternelles,
Ces mots portent la vie ou la mort dans leurs ailes..

Il sort.

SCÈNE IV.

FRÉDÉGONDE CHILPÉRIC.

FRÉDÉGONDE.

Quelle audace ! il sait bien que ses pareils sont morts ;
Et toujours il est là nourrissant mes remords..
Et, quand il nous voit prêts à frapper, il nous brave,
Et nous parle du ton d'un maître à son esclave..
Lui seul, quand tout s'incline et tremble devant moi,
Le front haut, me remplit de respect et d'effroi..
Cent fois, quand j'ai voulu crier : « A mort ! » la crainte
A glacé tout mon sang et ma voix s'est éteinte.

CHILPÉRIC.

C'est étrange ! d'où vient ce prestige, oh ! vertu !
Qui jette à tes genoux le monarque abattu.

FRÉDÉGONDE.

Apaisons l'Éternel, arrêtons sa colère,

Sauvons nos fils ; du peuple allégeons la misère ;

Cessons de dévorer les produits de ses champs,

Qu'au lieu de nous maudire et ses vœux et ses chants

Sauvent nos enfants. L'or en nos coffres abonde :

Est-ce donc pour nous seuls que la Gaule est féconde ?

Sachons dès aujourd'hui nous contenter, crois-moi,

Des biens qui suffisaient naguère au noble roi

Ton père.. L'avarice entasse la vengeance

Sur nous.. Pour qui tant d'or ?..pour qui tant d'opulence ?

Déjà deux de nos fils sont morts entre nos bras..

Les autres sont couverts des ombres du trépas..

Plus d'usure .. brûlons ees registres iniques

Germes empoisonnés des misères publiques :

Les crimes sur nos toits assemblaient les fléaux ;

Voyons si la vertu pourra tarir nos maux.

    Elle va prendre dans son boudoir un grand rouleau de registres et

          les jette au feu (Historique)

A toi !...

CHILPÉRIC.

  Non ! non ! mon or m'a coûté trop d'alarmes,

Si tu savais combien l'or a pour moi de charmes..

FRÉDÉGONDE.

  A part.

Oui... plus que moi peut-être... ah ! si je le savais !...

Haut :

A toi, te dis-je, à toi...

CHILPÉRIC.

Non ! non ! jamais... jamais !

Avec exaltation :

Sources de mes trésors, après ma Frédégonde,
Vous êtes à mon cœur les premiers biens du monde..,
Objet de mon envie, objet de mes amours !
Doux trésors ! oh ! je veux vous entasser toujours !..

FRÉDÉGONDE.

Chilpéric, Dieu le veut...

CHILPÉRIC.

Qui peut le contredire ?

Vous aviez sur mon âme un souverain empire...
Et vos cris déchirants m'ont pénétré d'effroi...
Puis.. l'auteur de la vie est un terrible roi.
Je bravais avec vous et ciel et terre ensemble,
Mais qui ne tremblerait quand Frédégonde tremble ?
Vous le voulez... des cieux apaisons le courroux...

Il va prendre à son tour un rouleau de registres et les donne
à la reine qui les jette au feu : (1)

(1) On sait que les remords de Frédégonde en présence de la
peste qui dévorait ses enfants et les registres des impôts jetés au
feu sont des faits historiques, et que le discours de la reine à
Chilpéric, depuis ces mots *Apaisons l'Éternel*, est traduit presque
littéralement de Grégoire de Tours.

CHILPÉRIC.

Ah !

FRÉDÉGONDE.

Voici Brunehaut et son nouvel époux..

CHILPÉRIC.

Je vous arme contre eux, reine ! de ma puissance..,
Leur sort est en vos mains... prononcez leur sentence.

Il sort.

SCÈNE V.

MÉROVÉE, BRUNEHAUT entourés de gardes et chargés de fers,
FRÉDÉGONDE.

MÉROVÉE à son père qui sort.

Mon père !.. ah ! c'en est fait... il détourne son front..

BRUNEHAUT.

A Mérovée..

Viens ! ces buveurs de sang par le sang périront...
Mourons... volons aux cieux, sous d'enivrantes flammes,
Éterniser l'amour en mariant nos âmes.

A Frédégonde.

Monstre le plus affreux qu'ont vomi les enfers...
Tu brilles sur un trône et je suis dans les fers ;
Tu promènes au loin le crime et le carnage,
Et la Gaule maudit en frémissant ta rage...

Va ! ton éclat trompeur fuit comme les éclairs :
Ils ont lui... montre-moi leur trace dans les airs...

MÉROVÉE.

Puissent tous les malheurs, nombreux comme tes crimes,
Fondre ensemble sur toi pour venger tes victimes...

BRUNEHAUT.

Puissent des opprimés les soupirs et les pleurs
Retomber sur ta tête en torrents de douleurs.

FRÉDÉGONDE

Dieu !.. grâce !.. mes enfants !.. cessez, cessez, Madame,
Cessez, au nom du ciel, ou le fer et la flamme
Vont...

BRUNEHAUT.

Peux-tu l'invoquer ce ciel que tes forfaits
A ta prière impure ont fermé pour jamais...

FRÉDÉGONDE (bondissant.)

Ah ! Dieu !..

BRUNEHAUT.

Puisse bientôt sa justice sévère,
Punissant dans les fils les crimes de la mère,
Amonceler sur eux les fléaux dévorants,
Et leur mort...

FRÉDÉGONDE.

Arrêtez !... c'en est trop... je me rends...

Grâce ponr mes enfants qu'un mal affreux tourmente.

BRUNEHAUT.

Mes vœux sont donc remplis. Frappe, je meurs contente...

FRÉDÉGONDE à part.

Voilà donc ces fléaux, ces malédictions
Que le saint m'annonçait en ses prédictions.

Haut.

Ah ! Madame ! écoutez une mère éperdue..
Ils meurent.. ils sont morts, votre rage les tue..
Vos imprécations glacent mon cœur d'effroi...
Grâce.. grâce pour eux. . ne maudissez que moi..
Frédégonde a cessé d'être votre ennemie..
Soyez libre.. vivez.. rentrez en Austrasie..
Mais rétractez ces vœux si fatals à mes fils..
Mon âme épouvantée entend d'ici leurs cris..
Vous ne m'écoutez pas.. vous détournez la vue

Elle se jette à ses pieds.

D'une mère tremblante à vos pieds abattue,.
Ah ! cruelle ! faut-il embrasser vos genoux ?

Elle embrasse ses genoux.

Frédégonde à vos pieds tremblante devant vous,
Courbant sous sa rivale un front de souveraine,
Est-ce assez pour vous vaincre, impitoyable reine !

BRUNEHAUT.

Vous, à mes pieds, Madame ! en croirai-je mes yeux ?
C'en est trop.. pour vos fils j'implorerai les cieux.,
Ouvre pour eux, grand Dieu ! des trésors de clémence..

FRÉDÉGONDE.

Oh ! merci ! vous rouvrez mon âme à l'espérance..
Gardes... rompez leurs fers.. Et courons au saint lieu..
Achevons d'apaiser la colère de Dieu.

SCÈNE VI.

BRUNEHAUT, MÉROVÉE.

BRUNEHAUT.

Profitons du moment.. cette farouche reine
Peut reprendre bientôt sa fureur et sa haine.,
Le danger sous nos pas germe dans ce palais..
Partons et mettons-nous à l'abri de ses traits..

SCÈNE VII.

Les mêmes,CHILPÉRIC.

CHILPÉRIC.

Gontran a déclaré la guerre à la Neustrie,
Et placé Childebert au trône d'Austrasie.
Il vous fait demander par un ambassadeur
Pour y régner au nom de votre fils mineur ;
Je puis vous retenir ; mais, laissons la vengeance...
La reine à vos affronts répond par la clémence.
Elle veut dès ce jour vous voir libre, partez...

A Mérovée.

Et vous, traître, suivez votre amante ou restez.

Il sort.

SCÈNE VIII.

MÉROVÉE, BRUNEHAUT.

MÉROVÉE.

A ce piège nouveau je connais Frédégonde..
Ah ! que cette marâtre en astuce est féconde !
Laisser le choix alors qu'on ne peut demeurer
Sans trahir Brunehaut, sans se déshonorer..
Eh bien ! dut leur colère assembler sur ma tête,
Les malédictions, la foudre et la tempête,
Je vous suis, ma princesse, et, pour vous protéger,
J'arme cent légions prêtes à nous venger.

BRUNEHAUT.

Oui ! oui ! nous reviendrons en tête d'une armée.

Ils sortent.. des gardes apostés les arrêtent !

LE CHEF DES GARDES.

Gardes ! de par le roi, saisissez Mérovée.

MÉROVÉE.

Des fers encore, à moi ! non, plutôt mille morts.

A Brunehaut.

Partez..

BRUNEHAUT.

Te quitter, moi ?..

Aux gardes en se jetant devant eux pour parer l'arme dirigée contre
Mérovée :

Passez donc sur mon corps

Lâches...

MÉROVÉE s'élance sur le chef des gardes, lui enlève sa framée et
crie en la brandissant.

Arrière..

Et il cherche à se frayer un passage, la framée d'une main et tenant
de l'autre Brunehaut pour la couvrir de son corps.

BRUNEHAUT, criant d'une voix forte.

Amis de Mérovée ! aux armes..

Sauvez le rejeton du grand Clovis..

On entend répéter dans le lointain,

Aux armes !..

Puis Gailénus suivi de quelques guerriers vient au secours de
son ami. — Lutte. — Mélée. — Chilpéric paraît. — La toile tombe.

ACTE III.

Nuit sombre. — Dans le fond, une salle où sont deux cercueils surmontés chacun d'un sceptre et d'une couronne. — Frédégonde immobile, à demi-couchée sur les cercueils. — Ses suivantes voilées, à genoux derrière elle. — Pour tout le reste, même décoration qu'au 1er et au 2e acte.

SCÈNE 1.

CHILPÉRIC revêtu de ses armes. — BOZON.

CHILPÉRIC.

Bozon, pour châtier mon fils traître et rebelle,
Je l'ai fait enfermer dans mon château de Chelle ;
J'ai fait secrètement disposer tout autour,
Des gardes, des archers, qui veillent nuit et jour.
Tu sais que le perfide, entraîné par sa flamme,
Malgré mes écuyers, fuyait avec sa femme.
J'allais le renier quand mes enfants sont morts.
C'est le seul qui me reste : aussi, malgré ses torts,
Dans mon cœur ulcéré, la voix de la nature
Me parle et retentit plus fort que son injure.

D'ailleurs, mes Neutriens l'adorent, mes soldats
Se seraient soulevés pour venger son trépas.
Sa perte nous perdrait. Je crains qu'en mon absence
Frédégonde ne veuille assouvir sa vengeance...
Terrible est sa douleur. Bozon, tu veilleras
Toujours à ses côtés et tu m'en répondras.

BOZON.

Oui, Seigneur.
    (Il sort).

FRÉDÉGONDE, debout près des cercueils.

          Dieu cruel ! c'en est fait ! notre pacte
Tombe... je t'ai juré la foi... je me rétracte.

S'avançant lentement vers Chilpéric.

Eh bien ! Gontran s'avance et va nous assaillir.
Qu'attendons-nous ?

CHILPÉRIC.

          Je veux triompher ou mourir ;
Mais songez qu'à mon fils j'ai rendu ma tendresse ;
Que ses jours soient sacrés.

FRÉDÉGONDE.

          D'où vient cette faiblesse ?
Laissez vos ennemis, heureux et triomphants,
Ajouter notre mort aux morts de nos enfants !...
Il les a bourrelés par d'affreux sortiléges,
Des charmes ténébreux et des rits sacriléges.
Par mes magiciens je m'en délivrerai,

Disait-il à Bozon, et seul je règnerai...
Et ce monstre vivrait !

CHILPÉRIC.

Songe que je suis père ;...
Que je suis las de meurtre... et la mort de Clotaire
M'épouvante... toujours il avait sous les yeux
De Kranme qu'il tua le fantôme hideux,
Brandissant sur sa tête une torche fatale
Et dévouant son âme à la nuit infernale.
L'an d'après, même jour que son fils, il mourait
Et, parmi des tourments affreux il nous criait :
« Qu'est-ce donc, mes amis, que ce roi du tonnerre
« Qui fait mourir ainsi les grands rois de la terre ? »
Crois-moi, craignons ce juge et ne l'irritons pas.

UN ECUYER accourant.

Les troupes de Gontran s'avancent à grands pas,
Seigneur, votre avant-garde a déjà pris la fuite.
L'ennemi triomphant s'acharne à sa poursuite,
Brunehaut marche en tête et court de rang en rang.

FRÉDÉGONDE.

Les vainqueurs de Tournay s'enfuir devant Gontran
Et Brunehaut ! ! Arrière...

CHILPÉRIC.

Ah ! le sort m'abandonne ;
S'ils entrent dans Paris, c'est fait de ma couronne.

Au messager.

Appelle nos guerriers.

Le messager sort.

FRÉDÉGONDE.

Quel est donc cet effroi ?
Tu voulais triompher ou mourir, mais en roi !
Et tu trembles... non ! non ! relève ton courage...
Va ! Frédégonde est là pour dominer l'orage.
Celle qui, dans Tournay, gouvernant le destin,
Quand tout semblait perdu, gardait un front serein
Et, triomphante au sein de la terreur commune,
Sur ton trône croûlant ramena la fortune,
Sait frapper, quand il faut, l'ennemi droit au cœur
Et changer en cyprès les lauriers du vainqueur.
Ils croient broyer déjà sous les pieds leurs victimes ;
Qu'ils viennent ! sous leurs pas j'entr'ouvre mille abîmes.

CHILPÉRIC.

Puissent dans vos filets tomber mes ennemis,
Reine, mais gardez-vous de toucher à mon fils.

*Cris de guerre et bruits d'armes au dehors. — Plusieurs voix
derrière la scène.*

Vengeons-les ou mourons.

CHILPÉRIC.

Ah ! voici mon escorte,
Et de mes écuyers l'invincible cohorte.

*Pendant ces derniers mots, des guerriers et des écuyers du
palais arrivent sur la scène en frappant en cadence sur leurs
boucliers.*

SCÈNE II.

FRÉDÉGONDE, CHILPÉRIC. GUERRIERS.

FRÉDÉGONDE.

Leudes, Francs et Gaulois, archers et cavaliers,
Et vous, de Frédégonde intrépides guerriers,
Sachez qu'en ses palais, de Metz en Austrasie,
Brunehaut a caché l'or des rois d'Ibérie.
Or, le monde est un champ fait pour les gens de cœur,
Et ses fleurs et son or naissent pour le vainqueur.
Des vaincus il est doux de contempler le râle,
Et dans leur sang fumant d'abreuver sa cavale.

Montrant un gros diamant qui scintille à son front.

Soldats, ce diamant et vingt de mes chevaux
A qui m'amènera vivante Brunehaut.
Mes guerriers ! devant vous je veux marcher moi-même

Montrant les cercueils de ses enfants.

Après leur sépulture... Ah ! pour adieu suprême,
Soldats, redites-leur au seuil de leur tombeau,
Ce chant qui les faisait tressaillir au berceau.
Je crois voir sous ces draps leurs ombres gémissantes,
A ce chant du bardit s'éveiller frémissantes.

BARDIT, chanté par les guerriers, d'une manière féroce et rapide. Après chaque phrase, tous frappent en cadence sur leurs boucliers. On sait qu'au rapport des historiens, c'est ainsi que les Gaulois chantaient le bardit avant le combat.

Imité de Lodbrog.

Fauchons, fauchons les phalanges armées,

Avec l'angon, la lance et les framées,
Abreuvons dans des flots de sang
La francisque à double tranchant.

Les aigles, les oiseaux de proie,
Rempliront l'air de rauques cris de joie ;
Et le corbeau nagera
Dans le sang et le loup se gorgera
De chairs. Tout l'Océan ne sera
Qu'une plaie, et le ciel, des flammes.
Alors, les vierges et les femmes
Auprès des corps sanglants des époux, des amants,
Rempliront l'air de longs gémissements.
Nos pères en riant franchissaient les murailles ;
Nos pères en riant sont morts dans les batailles,
Et leur rire râlant effrayait l'ennemi,
Et de leur mort les vautours ont gémi.

Choisissons pour nos femmes,
Des vierges dont les âmes
Soient de bronze, et le lait, du sang,
Pour souffler la valeur à l'âme de l'enfant
Et former des guerriers pour conquérir le monde.

tous tournés vers les cercueils.

Noble sang de Frédégonde
Salut !... notre bardit est achevé...
Salut ! le jour de vengeance est levé.

Les astres roulent,
Les heures coulent ;
Nous rirons
Quand nous mourrons.

Ils défilent en répétant en chœur.

Fauchons, fauchons les phalanges armées,
Avec l'angon, la lance et les framées.

CHILPÉRIC, qui s'est approché des cercueils, comme pour
bénir une dernière fois ses fils.

Ah ! mes enfants ! adieu !

FRÉDÉGONDE.

Va ! je veille pour toi.

CHILPÉRIC.

Garde-toi de toucher à mon fils.

Il part.

SCÈNE III

FRÉDÉGONDE, seule.

Faible roi !

Tu crois m'intimider !... connais mieux Frédégonde ;
Non ! non ! dussé-je voir les ruines du monde
S'écrouler sur mon corps, il faut que sous mes pieds
Mes pâles ennemis tombent humiliés.
Il faut que de ta bru l'amant crédule et tendre
Tombe dans les filets que je viens de lui tendre.
Ah ! son sang, ô mes fils ! aux yeux de Brunehaut,
Sur vos membres glacés, va couler encor chaud.
Si, loin de ressembler à votre faible père,

Vous êtes, ô mes fils, dignes de votre mère,
Vos âmes de son sang fumant s'abreuveront,
Vos membres ranimés de joie en frémiront.
Lui.. prosséder ce trône idole de ma vie,
Que j'ai conquis pour vous.. ah ! j'en mourrais d'envie.
Mes enfants !.. O douleur !.. ni mes cris, ni mes vœux,
Ni le pacte de paix que nous jurions aux cieux
N'ont pu vous sauver.. Dieu repoussa ma prière...
C'est bien.. j'en suis joyeuse et ris de sa colère..
Que d'autres à l'envi célèbrent tes bienfaits,
Inutile vertu ! je t'abjure à jamais..
Je règne... tout est là...

(On entend quelques coups de tonnerre.)

Vains foudres ! je vous brave..
Allez.. de vos terreurs je ne suis plus esclave...
Tonnez... tombez... frappez... foudroyez: ils sont morts..
Dans la tombe avec eux j'ai laissé le remords...

Elle se regarde devant une glace.

Quelle pâleur de mort a flétri mon visage !...
De stériles douleurs réparons cet outrage...

Elle va fermer la porte à travers laquelle on voit les cercueils ; puis
s'assied devant une glace, rejette son grand manteau noir, ses
crêpes et ses voiles... et répare le désordre de sa toilette...

Laissons là le passé... songeons à l'avenir...
J'ai fait mander Landric... Oh ! qu'il tarde à venir...
Qui te retient ? Landric !... peut-être ta présence
De mon cœur déchiré calmerait la souffrance...

En ce moment Chilpéric rentre doucement par derrière et la touche légèrement de sa cravache sur l'épaule. Elle dit, sans se retourner, embarrassée par les longues tresses de ses cheveux en désordre.

Tout beau ! Landric ! le roi n'est encor qu'à deux pas (1)

A ces mots, Chilpéric s'esquive rapidement sur la pointe des pieds en faisant un geste de rage et de menace.

FRÉDÉGONDE, se retournant et l'apercevant au moment qu'il disparaît :

Ah !... l'Évêque a dit vrai ! tu n'échapperas pas...

Elle saisit un poignard qu'elle cache dans son sein.

Roi lâche ?... va rejoindre en la nuit infernale,
Galsuinde, Sigebert, mon altière rivale...
Moi... devant Brunehaut avoir courbé mon front !...
O rage ! ô despoir !... irréparable affront !...
Quand ses affreux souhaits redoublaient mes alarmes,
Sa lèvre dédaigneuse insultait à mes larmes...
Va ! le lion blessé se relève vainqueur...
De tes maux à mon tour je repaîtrai mon cœur.
Puissé-je déchirer comme un vautour sa proie,
Tes membres palpitants... ah ! j'en mourrai de joie !..
Vengeance et voluptés, et puissance et grandeur,
Soyez à tout jamais les seuls dieux de mon cœur..
Tremblez, vils ennemis.. mes enfants, sur vos tombes,
Je veux amonceler mille et mille hécatombes...
C'est ainsi , mes enfants, que je vous vengerai.

(1) Historique.

SCÈNE IV.

LANDRIC, FRÉDÉGONDE.

LANDRIC.

Le prince est en nos mains : Bozon nous l'a livré.

FRÉDÉGONDE.

Bien, Landric ! Le succès répond à mon attente :
Il nous reste à saisir après lui son amante..
Mais il s'agit encor d'autre chose, Landric.
Ou nous deux ou le roi périrons.. Chilpéric
M'a surprise un moment d'imprudente tendresse
Où ma bouche disait ton nom avec ivresse..
Il croit que je l'ignore et je l'ai vu sortir
Furieux, menaçant... il faut le prévenir..
Songe que, le roi mort, Frédégonde est ta femme.

LANDRIC, faisant vibrer un poignard.

Il mourra... vous comblez tous mes désirs, Madame.

FRÉDÉGONDE.

Qu'on m'amène le fils.

Il sort.

SCÈNE V.

FRÉDÉGONDE, seule.

Essayons sur son cœur

4

De mes attraits présents le prestige vainqueur..

Se parant devant une glace.

C'est par vous que je suis la grande Frédégonde,
Attraits, beauté !.. par vous nous remuons le monde...
Hélas ! en me poussant au chemin des forfaits,
Vous m'avez enlevé le bonheur et la paix.
Mais est-ce d'aujourd'hui qu'en sondant les abîmes
Sous mes pas triomphants entr'ouverts par nos crimes,
Je voudrais m'arrêter ?.. non.. marchons jusqu'au bout..
Vains songes de vertus... évanouissez-vous..
Le père mort, au fils appartient la couronne..
Gagnons le fils, sinon.. le pouvoir m'abandonne..
Mille autres ont changé leur colère en amour
Par mes séductions.. Mérovée !.. à ton tour..
Le sang de Chilpéric serait-il intraitable ?
Qu'ai-je à craindre ?.. Ce fer.. s'il est invulnérable..
Non ! non ! tu cèderas et je te dompterai..
Ton père périra.. par toi je règnerai...

SCÈNE VI.

FRÉDÉGONDE, MÉROVÉE , désarmé,

dépouillé de ses tresses et entouré de gardes qui se retirent sur un
signe de Frédégonde.

FRÉDÉGONDE.

Tu fuyais pour voler dans les bras de ta femme,
Traître.

MÉROVÉE.

Pour échapper à vos piéges, Madame.

FRÉDÉGONDE.

Et tu viens d'y tomber.. C'est ainsi que les cieux
Ont frappé Frédégonde et couronné vos vœux.

MÉROVÉE.

Le bonheur des méchants est semblable à la foudre..
Elle brille un instant mais pour réduire en poudre
Ceux qu'elle éblouissait de son éclat trompeur.

FRÉDÉGONDE.

Jeune insensé ! tu crois que Frédégonde a peur..
Tes éclairs sont benins et la foudre.. impuissante..
Vois.. tu prédis ma chute et je suis triomphante.

MÉROVÉE.

J'ai vu périr le juste et j'ai vu ses bourreaux,
Ivres de leurs succès, riant sur des tombeaux.:
Ils disaient : « Jouissons ! tout finit à la tombe..
« Chantons : avec le corps tout s'éteint et tout tombe ;
Dansons, le ciel est sourd et voit d'un œil égal
Le crime et la vertu ; » car un bandeau fatal
A ces monstres affreux dérobait la lumière
Dans le jour le plus pur...

FRÉDÉGONDE.

Laisse-là ta chimère
Et songe que je suis l'arbitre de ton sort ;
Songe que je suis reine et que ton père est mort ;

Songe que je ne hais en toi que ton épouse ;
Songe que je pourrais, si je n'étais jalouse,
T'aimer... que s'il n'avait adoré Brunehaut,
Au lieu d'être aujourd'hui dans le creux d'un tombeau,
Sigebert règnerait heureux en Austrasie ;
Qu'elle arma contre lui ma sombre jalousie ;
Que tout tremble sous moi, que tous mes ennemis
Sont tombés à mes pieds ou broyés ou soumis,
Comme le choc des flots dont l'impuissante rage
Se brise sur le roc qui domine l'orage ;
Songe qu'autant elle est terrible en sa fureur,
Autant pour qui saura captiver son grand cœur,
Frédégonde toujours sera sensible et tendre...
Je t'en ai dit assez pour me faire comprendre :
Choisis la royauté des Francs et des Germains
Que je puis à mon gré réunir en tes mains,
Ou le trépas avec l'ineffaçable tache
De traître à ton pays, de perfide, de lâche
Que je puis à ton nom imprimer à jamais.

MÉROVÉE.

Monstre pétri de boue et gorgé de forfaits,
Bourreau de ma famille, opprobre de mon père,
Va ! va porter ailleurs ton amour adultère.

FRÉDÉGONDE.

Insensé !.. ta tendresse eut épuré mon cœur,
Et tu choisis la mort avec le déshonneur.

MÉROVÉE.

Tu te flattes en vain de flétrir ma mémoire :

Tu ne corrompras pas l'incorruptible histoire
Qui léguera ton règne et ton nom détesté
A l'exécration de la postérité.

FRÉDÉGONDE.

C'est bien... Ta Brunehaut par mon ordre enchaînée,
Tremblante à mes genoux vient d'être ramenée.
Pour comble de bonté je te livre son sort.
Un mot décidera son salut ou sa mort.

Elle sort lentement en se retournant comme pour attendre une
autre réponse.

SCÈNE VII.

MÉROVÉE.

Mon père assassiné ! Brunehaut dans les chaînes !..
Nous as-tu délaissés, grand Dieu , qui vois mes peines ͡
Et je pourrais d'un mot l'arracher au trépas !...
Non ! non ! ma Brunehaut ! tu ne le voudrais pas...
Mourons.. qui vient ici ?.. ·

SCÈNE VIII.

MÉROVÉE, UN MESSAGER de Brunehaut déguisé en écuyer de
Frédégonde.

LE MESSAGER.

Seigneur, de par la reine !..

MÉROVÉE, découvrant sa poitrine et s'avançant vers le Messager.
Ton glaive, vil bourreau, terminera ma peine .
Frappe, mais redis lui qu'au de là du tombeau,
Je l'attends...

LE MESSAGER.

Ah ! mon prince ! écoutez... Brunehaut !..

MÉROVÉE .

Eh bien ?..

LE MESSAGER,

Je viens changer votre douleur en joie..

MÉROVÉE .

Que dis-tu ?

LE MESSAGER.

Brunehaut triomphante m'envoie.
Et bientôt la princesse en vos bras..

MÉROVÉE.

Elle ?.. ciel !..
Brunehaut !. parle.. mais.. tu me trompes, cruel !
D'où vient ce changement ?.. suis-je dupe d'un rêve ?
Pourquoi donc ce costume et ce masque et ce glaive?

LE MESSAGER.

Pour pénétrer ici sous ce déguisement.
Brunehaut sur Paris marche rapidement.
De ses Austrasiens la redoutable armée,
Par ses maux, sa fierté, son exemple animée,

Sur les rangs neustriens fondit avec fureur.
L'exemple de la reine enflammait notre ardeur ;
Sous les traits ennemis elle marchait sereine,
Devant nous et criait : « Défendez votre reine,
Vos femmes, vos enfants, vos libertés, vos droits,
Votre prince.. et vengez le meurtre de vos rois. »
Or, les leudes jaloux de sa grande influence,
Et voulant retenir en leurs mains la puissance,
Lui disaient tous : « Arrière, ou nous broyons tes os,
Femme, sous les sabots sanglants de nos chevaux » (1)
Mais elle avec ce front où la gloire rayonne,
Écartant le rempart d'amis qui l'environne,
Seule, à pied, devant eux s'avance et dit : « Venez . »
À ce mot, les coursiers s'arrêtent étonnés,
Et les leudes vaincus par ce mâle courage,
En admiration changent leurs cris de rage.
Ils marchent à sa voix, tout tombe sous leurs coups,
Le sang ruisselle au loin, la victoire est à nous.
Six mille Neustriens sont morts, le reste, en fuite ;
Brunehaut sur Paris s'avance à leur poursuite.

MÉROVÉE.

Ciel !.. Et mon père ?..

LE MESSAGER.

Il vit.

MÉROVÉE .

Soyez béni, mon Dieu..

(1) Historique.

LE MESSAGER.

Écoutant.   Regardant au fond.

J'entends des pas.. Un homme approche de ce lieu,
Armé, couvert d'un masque...

MÉROVÉE, à part.

Un bourreau de la reine....
Il veut ma mort... peut-être il trouvera la sienne..

Au messager.

Vendons cher notre vie.. Ami, retire-toi
Là, derrière ces murs..

LE MESSAGER.

Je vous quitterais, moi ?..
Vouloir dans le danger que je vous abandonne !...
Non ! non ! prince ! jamais..

MÉROVÉE.

Je le veux, je l'ordonne...

Il prend l'épée du Messager qui se cache à droite.

SCÈNE IX.

MÉROVÉE, UN ÉMISSAIRE de Frédégonde masqué, l'épée nue.

L'EMISSAIRE, stupéfait en voyant que Mérovée est armé.

Ah !.. Dieu ! je suis trahi !..

MÉROVÉE.

Lâche et vil assassin,
Tu croyais sans danger me transpercer le sein..

Frappe donc.

L'émissaire veut le frapper, Mérovéc lui porte à son tour des coups
multipliés en le poussant à gauche où ils disparaissent.

Cris de guerre et clairons dans le lointain.

MÉROVÉE derrière la scène.

Meurs..

Des soldats passent en courant au fond, puis Frédégonde vétue en
amazone et l'épée à la main, paraît à côté de Landric..

FRÉDÉGONDE

La ville est un champ de carnage.

Ils sont vainqueurs.. Eh bien ! frayons-nous un passage :
Et courons à Tournai nous rallier au roi..
La victoire à Tournai sait marcher avec moi..
En avant.. et du cœur.. soldats de Frédégonde.

SCÈNE IX.

MÉROVÉE, LE MESSAGER.

LE MESSAGER (courant vers Mérovée qui rentre couvert de sang
et s'appuyant sur son épée).

Seigneur ! le monstre a fui ! le destin nous seconde.

On entend des fanfares.

Entendez-vous là bas la marche du vainqueur ?
Prince !.. mais d'où vous vient ce sang ? cette pâleur ?

MÉROVÉE.

L'assassin en tombant m'a blessé dans sa rage..
Je chancelle.. mes yeux se couvrent d'un nuage..

(Il s'assied)

O mort ! ô mort ! attends.. la revoir.. puis mourir..
Exhaler dans son sein mon suprême soupir..
Mourir !.. si jeune encor.. quand l'amour me convie,
En sa couche riante, au banquet de la vie.
Mourir.. O ! Brunehaut ! sans pouvoir t'embrasser !.
Mourir.. quand mon bonheur venait de commencer,
Quand mon beau jour touchait à peine à son aurore,
Quand sur le noble cœur de celle que j'adore

Au messager :

J'allais presser mon cœur. Redis-lui chaque jour,
Que mon âme.. loin d'elle.. en un soupir d'amour..
S'exhale.. et dans les cieux gardera sa tendresse.

LE MESSAGER.

Prince ! on vient...

MÉROVÉE.

Brunehaut !...

Il se lève.. fait deux pas.. Brunehaut, couronnée de lauriers,
  accompagnée de saint Grégoire de Tours, d'Elaur et de
  Gailenus et d'une brillante escorte de leudes et de guerriers, se
  précipite dans ses bras, avec son jeune enfant couronné roi
  d'Austrasie.

BRUNEHAUT.

Cher époux...

MÉROVÉE.

Ma princesse !

BRUNEHAUT.

Ah ! ne me quitte plus.. jamais.. j'ai tant souffert

Loin de toi.. nuit et jour, je croyais voir le fer
Sur ton cœur.. loin de toi je m'abreuvais d'alarmes..
Loin de toi mon triomphe était triste et sans charmes.,
Oh ! ne me quitte plus.. mais.. Dieu !... cette pâleur..

MÉROVÉE.

Le perfide Bozon m'a frappé droit au cœur..

TOUS.

Le perfide !...

MÉROVÉE.

Il est mort.. soutenez-moi.. je.. tombe..

BRUNEHAUT.

Prince.. avec toi, je veux m'engloutir dans la tombe...

MÉROVÉE s'affaissant.

Vivez.. pour.. me venger..

GREGOIRE DE TOURS.

Sur le bord du tombeau,
Au nom de l'homme-Dieu priant pour le bourreau,
Pardonnez...

MÉROVÉE.

Je ne puis..

SAINT GREGOIRE.

Laissez donc l'espérance..
Le ciel s'ouvre au pardon, jamais à la vengeance..

MÉROVÉE d'une voix expirante.

Je pardonne.

SAINT GRÉGOIRE.

Chrétien ! ton esprit radieux,
Par ce mot tout puissant montera dans les cieux.
  A Brunehaut.
Et vous, reine..

BRUNEHAUT.

Non ! non ! quand du ciel un archange
Me dirait : « Pardonnez. » il faut que je me venge..

SAINT GRÉGOIRE avec un ton prophétique.
Ce mot impie est gros de malheurs.

UN MESSAGER accourant.
Chilpéric.
Est mort assassiné par la main de Landric.

BRUNEHAUT brandissant un poignard.
Ah ! justice de Dieu ! Maintenant, Frédégonde,
A nous deux.. Oh ! ma lutte étonnera le monde.

FIN.

UN

FAUX MISANTHROPE

ou

DIOGÈNE MILLIONNAIRE

Comédie.

PERSONNAGES.

CYNICUS, faux misanthrope.

DE LATOIR, son ami.

ELISE, amante de Cynicus.

D'ORANDAR, fiancé d'Elise.

ROMPAUSE, père d'Elise.

ALIDOR et CLÉANTE, dandis.

Un LAQUAIS.

UN

FAUX MISANTHROPE

DIOGÈNE MILLIONNAIRE

Comédie.

Une soirée chez le Baron de Latoir, à Paris ; au premier plan, un salon richement meublé ; au deuxième plan, une porte ouverte laisse voir une salle de bal ; à droite, entrée principale.

SCÈNE I.

CYNICUS, UN LAQUAIS en livrée.

Cynicus entre vêtu d'une manière grotesque.

CYNICUS.

Le baron de Latoir ?

LE LAQUAIS (le toisant avec dédain).
Monsieur n'est pas visible.

CYNICUS.

Eh ! pourquoi donc ?

LE LAQUAIS.

Quittez cétté misé risible

(En se rengorgeant).

On est ici des gens comme il faut...

CINICUS.

Que dis-tu ?

Ta science à l'habit connaît donc la vertu ?

LE LAQUAIS.

Non, mais quand lé baron *cheux nous* donné soirée,
Au pauvre, au malheureux jé réfusons l'entrée :
Ainsi font la noblesse et les bonnés maisons.

CYNICUS.

Et tu penses, laquais, que l'éclat des blasons
Ne peut se maintenir qu'au sein de l'opulence,
Et se rouille au contact des maux de l'indigence ?
Apprends donc que les pleurs du malheureux séchés,
Les biens à pleines mains sur le peuple épanchés,
Sont en France aujourd'hui les seuls droits de noblesse ;
Et des grands à ce prix les grandeurs sont bassesse.

LE LAQUAIS, avec un air d'intelligence et de mystère, en lui

serrant la main.

Nous sommés rouge, ami !

CYNICUS.

Non ! non !

LE LAQUAIS, avec colère.

Eh bien ! partez.

CYNICUS.

Je reste.

LE LAQUAIS le poussant rudement.

Ça ! maraud ! l'on va vénir ; sortez.

CYNICUS.

Appelle le baron, à l'instant.

LE LAQUAIS.

A la porte !

Mon maître récévoir un rustré dé la sorte !
Non ! non !

CYNICUS.

Toùt doux ! valet ! vas ! annonce au baron,
Cynitus, son ami...

LE LAQUAIS stupéfait.

A part   haut et s'inclinant profondément.

Lui ! qu'ai-je fait?... pardon !

A part   haut.

Son ami Cynicus ! Ecoutez, je m'abuse..
Dé grâcé, monseigneur, recevez mon excuse.
Votre humble serviteur.......

CYNICUS vivement

Misérable valet.

Dans les clameurs d'un club l'égalité vous plaît,
Mais l'or et la grandeur sont les dieux qu'on encense ?
On adore l'éclat, le luxe et l'opulence.

Puis avec ses égaux on tranche du seigneur,
On prend des airs hautains, des façons de grandeur.
Laquais, tu ne sais pas l'art d'observer, écoute;
Tu me crois importun, solliciteur, sans doute :
Or le solliciteur, l'ennuyeux, l'importun
Sous le frac et les gants est cent fois plus commun
Que sous le rude aspect et la blouse grossière
De l'ouvrier couvert d'une noble poussière.

LE LAQUAIS.

A part.

Il parlé rien français, et, n'a pas rien raison ;
On voit bien qu'il n'ést pas d'uné bonné maison...

SCÈNE II.

CYNICUS seul.

Enfin, retrouverai-je un ami véritable,
Objet plus rare ici qu'un joueur équitable.
Dans les salons trompeurs où l'on n'aime que l'or,
Ce trésor qu'on méprise est à trouver encor.

SCÈNE III.

CYNICUS, DE LATOIR.

LATOIR courant vers Cynicus.

Merci d'être venu chez moi, mon Diogène !
Je bénis le bon vent qui vers nous te ramène.

CYNICUS.

Ah! tu ne m'as donc pas encore oublié, toi,
Cher et noble Latoir.

LATOIR.

En doutais-tu?

CYNICUS.

Ma foi !
Il sème dans le sable et sillonne dans l'onde
Celui dont l'espérance en un mortel se fonde.

LATOIR riant.

Le joli compliment que tu nous fais à tous..
Mais nous te polirons... reste donc avec nous
Toujours.

CYNICUS.

Merci... j'allais, en nouveau Diogène,
Arpenter tout Paris comme mon maître Athène,
Cherchant en plein midi, la lanterne à la main,
Un homme... je le trouve et le comprends enfin.

LATOIR.

Arrière ces chagrins de la misanthropie ;
Reviens aux doux plaisirs de la philanthropie.
Laissons les sots crier qu'ici l'humanité
Se perd dans la matière et dans l'impiété ;
Cependant l'œil fixé sur son astre, la France,
Le monde est rayonnant de gloire et d'espérance.

CYNICUS.

Le monde !.. un vil amas de masques empruntés,
De signes de constance et d'infidélités,
De trompeurs, de trompés, d'oppresseurs, de victimes ;
De semblants de vertus dont on couvre les crimes,
De petits qui sont grands, de grands qui sont petits ;
De fats se pavanant sous d'élégants habits ;
De femmes qui s'en vont, sous de larges mantilles,
Simulant des appas et voilant des guenilles ;
De riches affamés, de pauvres envieux.
Ami ! pour y voir clair, ce vil monde est trop vieux.
A ses yeux, le néant se nomme bien suprême,
Et tout est Dieu pour l'homme excepté Dieu lui-même.
Tout est vain, tout est faux : la bassesse est grandeur ;
L'astuce, habileté ; l'obscurité, splendeur.

LATOIR.

Laissons là les accès d'Alceste et d'Héraclite,
Ami, le sage heureux, crois-moi, c'est Démocrite.
Rions de leurs travers, mais aimons les humains ;
Dieu le veut : sage et fou sont l'œuvre de ses mains.
Pas de mal sans un bien, pas de rayon sans ombre.
Le soleil est plus pur après l'orage sombre ;
Mais depuis que, le jour où l'on te refusa,
Pour son malheur, la main de la tendre Elise
Tu quittas pour toujours, disais-tu, la patrie,
En proie aux songes creux de ta misanthropie,
Puis tu revins encore et puis tu repartis,
Maudissant à la fois les grands et les petits,

Qu'as-tu fait, d'ou viens-tu ?

CYNICUS.

Du fond de l'Amérique;

J'exploitai, quelque temps, des mines, au Mexique.

J'ai cheminé, mon cher, de succès en succès :

Le ciel rasséréné bénissait mes projets ;

Laissant là de Bias la démence profonde,

J'ai compris que l'argent est le maître du monde.

Aussi j'amène en France un vaisseau chargé d'or.

Ton ami jadis pauvre est un grand matador.

LATOIR.

Tu n'as donc plus sujet de condamner les hommes,

Eh ! quels sont nos travers à tous tant que nous sommes ?

L'égoïsme et surtout le culte des écus.

Te voilà comme nous serviteur de Plutus.

Que va dire là-bas ton maître Diogène

Qui traînait sa besace et rampait dans la gène ?

CYNICUS avec exaltation.

Il ferait comme moi s'il vivait aujourd'hui :

En amassant cet or j'ai pris conseil de lui.

Que voulait en effet le Cynique sublime ?

Des grands et des petits les regards et l'estime.

Or quel homme eut jamais tant de gloire et d'honneur,

Puisqu'Alexandre même envia son bonheur ?

Ce qu'il voulait encor c'était l'indépendance

Afin de consacrer ses jours à la science :

Or que faut-il ici pour être indépendant?

De l'or. Pour devenir personnage important?

Pour mériter honneurs, titres, faveurs, estime?
Pour ennoblir le vice et couronner le crime?
De l'or. Pour commencer une grande maison?
Pour avoir en trompant aux yeux des sots raison?
Pour être environné de marques de tendresse,
Pour avoir, à souhait, beauté, génie, adresse?
De l'or. Ce vil métal ouvre à tout libre accès;
Savoir, esprit, vertu se mesure au succès.
Sois vil, fourbe, voleur, pourvu que l'opulence
Marche avec toi... L'argent vaut mieux que l'innocence.
Honnête homme mais pauvre, arrière! homme de rien!
Fripon mais cousu d'or, salut! homme de bien!
C'est l'or qui fait tourner les têtes à la ronde;
Le levier d'Archimède à remuer le monde,
C'est l'or. Mettons qu'un jour un peuple des déserts,
Vil, grossier, ignoré, sans nom dans l'univers,
Sans armée et sans lois, sans arts et sans lumière,
Rebut des nations, courbé dans la poussière,
Découvre en ses vallons une montagne d'or;
En remuant un peu cette poudre qui dort,
Ce peuple deviendrait d'un coup maître du monde
Et mettrait à ses pieds le ciel, la terre et l'onde:
Eh bien! tout autre objet m'a fait, au sol lointain,
Chercher la toison d'or que j'ai conquise enfin.

LATOIR.

Pauvre amoureux!

CYNICUS.

Peut-on me refuser encore,

Malgré ce Dieu, la main de celle que j'adore ?

LATOIR.

Hélas ! il est trop tard !

CYNICUS.

Trop tard ! Mon Dieu ! pourquoi ?

LATOIR.

Ses orgueilleux parents ont engagé sa foi.

CYNICUS.

Elle a pu consentir ?

LATOIR.

Non ! mais on l'a forcée ;
Au marquis d'Orandar, Elise est fiancée.
Son père, un parvenu chevauchant sur les noms,
Ne rêve que duchés, marquisats et blasons.
Il ne donnerait pas un quartier de noblesse,
Pour l'esprit, la vertu, la gloire et la richesse.

CINICUS avec désespoir

A toi donc mes trésors ! ami, je n'en veux plus,
Je les cueillis pour elle, ils me sont superflus
Loin d'elle... adieu... je vais, sur la terre étrangère,
Promener de nouveau ma superbe misère.

LATOIR.

Elise avec son père est à mon bal ici,
Et tu repartirais , sans la revoir... ainsi ?...

CYNICUS.

Ah !

LATOIR.

Je cours t'annoncer et te laisse avec elle.

SCÈNE IV

CYNICUS seul.

Plus rare qu'un phénix est la femme fidèle
Au malheur...

SCÈNE V.

CYNICUS, ELISE.

ELISE.

Cynicus !..

CYNICUS.

Mon Elise !..

ELISE.

Est-ce toi?

Est-ce un songe?

CYNICUS.

Non! non! tendre objet de ma foi!
J'ai voulu te revoir, puis mourir, ton image
Mille fois m'a soûri sur le lointain rivage;
Je voulais en exil vivre et mourir un jour;
La distance n'a fait qu'augmenter mon amour...
Et j'avais dit adieu pour toujours à la France
Où d'affreux préjugés et mon humble naissance

M'arrachèrent l'espoir de posséder un jour
L'objet, l'unique objet de mon ardent amour.
Enfin, trop accablé des tourments de l'absence,
Je reviens frémissant de crainte et d'espérance,
Et j'apprends que tu viens de me ravir ta foi,
Et pourtant tu juras de n'épouser que moi.

ELISE.

Hélas ! j'ai dû céder aux larmes d'une mère,
Aux ordres menaçants d'un inflexible père.

CYNICUS.

Parents lâches, ainsi vous êtes triomphants
De l'amour qui frémit au cœur de vos enfants.
Mais nos serments jurés de nous aimer sans cesse
Ont écrit dans les cieux mes droits à ta tendresse;
Si du moins tu m'aimais encor...

ELISE vivement.

(Tirant de son sein un portrait.) Si je t'aimais !...
Vois, ce doux souvenir ne me quitta jamais.

CYNICUS.

Qu'entends-je, vous seriez si constantes ! ô femmes !
Vos âmes nourriraient de généreuses flammes !
Quand l'or autour de vous est le suprême aimant,
En vos seins vibrerait amour et dévoûment ?

Se jetant à ses genoux.

Ange réparateur de mon âme flétrie,
Ta voix me fait passer de la mort à la vie,

5

Tu m'aimes : ce doux mot a relevé mon cœur :
Des ombres de la nuit il renaît en vainqueur.
Je vouais à ce monde une haine suprême :
Tu me le rends aimable en me disant : je t'aime.

ELISE.

Va ! mieux vaut un ami pauvre mais adoré,
Qu'un mari par contrat riche mais abhorré.
Richesse sans amour est féconde en misère.

CYNICUS.

Si je pouvais enfin t'obtenir de ton père !

ELISE avec abattement.

Impossible ! jamais il ne consentirait ;
En un couvent plutôt il me renfermerait.
Demain l'on va sceller le malheur de ma vie ;
Demain, malgré mes pleurs, mon père me marie.
Mon tendre Cynicus !.. c'est fait de nos amours...
Un autre est mon époux ; je te perds pour toujours.

CYNICUS.

Eh bien ! qu'un nœud secret cette nuit nous enchaîne...
Et, confondant leurs vœux, loin d'ici je t'entraîne...

(D'Orandar paraît au fond, sur la porte de la salle de bal)

SCÈNE VI.

Les mêmes, LATOIR, D'ORANDAR, ALIDOR, CLÉANTE.

ELISE à Cynicus en lui désignant son fiancé qui entre le premier.
D'Orandar

CYNICUS.

Mon rival !!

ELISE.

Avec de vieux dandis.

D'ORANDAR à Elise.

Le baron votre père et mes nobles amis

Désignant Alidor et Cléante qui la saluent avec un air prétentieux.

Vous demandent au bal.

LATOIR.

Messieurs, je vous présente

Un savant d'outre-mer où sa plume élégante
A fait sensation.

D'ORANDAR bas à Alidor.

Quel rustre ! son esprit

Est fait à la façon de son méchant habit.

CLÉANTE.

Qu'il porte loin d'ici ses formes d'un autre âge...
Dans la Chine arriérée ou le Japon sauvage,
Peut-être envers les ours on montre des égards :
Ici la mise seule attire les regards ;
Ici tout est progrès ; la mode et les lumières
Elèvent jusqu'aux cieux les nations altières.

ALIDOR.

Les payens admiraient les sages mal vêtus :
Qui ne sait se parer n'a ni foi ni vertus,
Ni science : lisez les hontes de sa mise

A ses cheveux sans ordre, au col de sa chemise.

D'ORANDAR.

Il a mis ce matin son gilet à l'envers,
Stupide négligence ! et son col de travers.

CLÉANTE.

Comme un cable à son cou sa cravate hissée,
Jure, déplait à l'œil, outrage la pensée.
L'ensemble tout entier sans tact, sans goût, sans fard
Montre assez qu'il n'a point le sentiment de l'art.

ALIDOR.

Bordés d'énormes clous, ses souliers à l'antique
Donnent à sa démarche une allure rustique.
Son habit cadre mal, fait rougir le bon sens :
Il étale partout les outrages des ans,
Il fait tout au rebours des lois de l'élégance ;
Et ce manant aurait une ombre de vaillance ?

D'ORANDAR.

Tout homme intelligent l'examine et sourit :
Comment un pareil homme aurait-il de l'esprit ?

ALIDOR de même.

Sa mise négligée offense l'harmonie :
A ce signe on connaît l'absence du génie.

Avec emphase et en posant.

Le solide talent se révèle au dehors
Dans l'art de la tenue et des poses du corps.

CLÉANTE.

Pas de gants à ses mains !... sa massive chaussure

Fait gémir le parquet, et son paltot de bure
Semble annoncer l'hiver au milieu de l'été.

Pendant ce dialogue, Cynicus et Latoir s'entretiennent tout bas avec Elise. Les trois dandis font force grimaces prétentieuses, tantôt posant devant une glace pour s'admirer, tantôt ajustant leurs cheveux, leur col, leur cravate ; tantôt observant leur habit, leur gilet pour voir s'ils tombent bien. Ils sont mis avec une affectation ridicule, et leurs corsets trop serrés rendent leurs mouvements pénibles et guindés.

D'ORANDAR à Latoir haut et avec l'intention marquée de provoquer
Cynicus.

Es-tu fou, cher baron, de m'avoir invité
Cet homme ; que dis-tu de ses façons grossières ?

LATOIR .

Je l'estime et je l'aime..

D'ORANDAR.

Alors tu dégénères.

CYNICUS à Latoir.

Va ! tout homme d'esprit aime ces façons-là
Mieux que les airs guindés des pédants que voilà.
Ils ont beau se mirer dans le cristal des glaces :
On rit de leur orgueil, on raille leurs grimaces.
Ils pensent voir le monde en admiration,
Et le monde a pitié de leur prétention...

D'ORANDAR avec rage.

Tu payras cher, manant ! cette audace insensée.

CYNICUS.

Laissez-moi pleinement vous dire ma pensée.
Après je répondrai gaîment à vos défis.
Mais j'ai peu de croyance aux cartels des dandis,
Leur main peut, avec art, nouer une cravate ;
Mais pour serrer l'épée elle est trop délicate.
Si la France jadis n'avait eu que vos bras
Pour défendre ses droits et semer le trépas,
Des peuples reculés les hordes vagabondes,
Comme un sombre ouragan mugissant sur les ondes,
Franchiraient nos vallons, nos coteaux enchantés,
Inonderaient nos ports et nos belles cités,
Et nous verrions leurs pieds fouler dans la poussière
Ces lieux d'où ruisselaient les arts et la lumière.
D'où vient que vos regards hautains et dédaigneux
Semblent narguer la terre et défier les cieux ?
C'est qu'un savant habit cadre bien à vos hanches ;
C'est que des boutons d'or scintillent à vos manches ;
C'est qu'à vos pieds bien plats des souliers bien vernis,
De leurs longs grincements remplissent les parvis.
On dirait, à vous voir, que les arts, l'espérance,
La gloire, le progrès, les splendeurs de la France,
La probité, l'honneur, le génie et l'esprit,
Sont cousus dans les pans d'un élégant habit.
Voyez-vous cette femme à la démarche altière,
Balançant mollement sa tête vide et fière?
Sa taille est un fuseau, son port est gracieux ;
A ses bras, à son front des bijoux précieux

Etincellent à tous : ses regards autour d'elle
Semblent dire : Voyez, mortels ! si je suis belle !
A ses vastes cerceaux mesurez sa grandeur ;
A son vermeil plaqué l'adresse du coiffeur.

D'ORANDAR.

Va ! nous t'enseignerons à respecter les dames.

CYNICUS.

J'aime le vrai partout et je le dis aux femmes.

D'ORANDAR.

Au sexe, parmi nous, le vrai, quand il déplaît,
Les gens bien élevés ne le disent jamais,
C'est un devoir sacré de la galanterie.

CYNICUS.

Dites un fruit pourri de la chevalerie.

D'ORANDAR. avec dédain.

Il préfère les mœurs des Chinois et des ours.

CYNICUS.

Ces ours ont plus d'esprit que les singes de cour.

D'ORANDAR.

Songe bien à ce vers du roi de la satire !
« C'est un méchant métier que celui de médire. »

CYNICUS.

Or ce métier vaut mieux que celui des flatteurs,
Lions efféminés, damoiseaux séducteurs,
Vous enivrez la femme à force de bassesse,
La satire la venge et parfois vous redresse.

ELISE.

Aussi nous préférons à tout votre encens faux,
Un véritable ami qui nous dit nos défauts.
Laissons les fats juger les hommes à la mise.
Ici le vrai mérite est celui qu'on méprise.

D'ORANDAR, avec colère.

L'épouse d'un marquis déroger à ce point!
Madame! à ce trait là je ne vous connais point.
A mon nom trois fois grand préférer sa bassesse,
Et la roture aux droits d'une antique noblesse !

CYNICUS.

Vils marquis! j'ai pitié de vos prétentions!
Vos aïeux par l'éclat des nobles actions,
S'élevaient au-dessus des clameurs de l'envie;
Par les saintes vertus qui remplissaient leur vie
Ils gagnaient leurs blasons, leurs titres, leurs grandeurs:
Et vous, vous prétendez usurper leurs splendeurs,
Quand vous passez vos jours dans l'ombre et la mollesse,
Quand vous êtes gorgés d'orgueil et de bassesse.
En vous voyant ainsi vous targuer de noms creux,
On vous trouve pareils à ces superbes gueux
Qui nous vantent toujours leurs richesses passées,
Par leurs pères longtemps avec peine amassées,
Et qu'eux, fils débordés, perdirent follement
En un jour de crapule et de débordement.
L'objet de votre orgueil fait cent fois votre honte;
Vous êtes, dites-vous, baron, marquis ou comte:

Montrez-nous les exploits qui relèvent ces noms,
Et vous viendrez alors étaler vos blasons.
Mais laissez ces vains mots de naissance et de race,
Ces noms de parvenus que vous jetez en face
Au mérite ennobli par sa pure valeur
Quand vous désertez, vous, le chemin de l'honneur.

D'ORANDAR à Elise.

Quels lâches sentiments ! fuyez-le donc, Madame.

ELISE.

J'aime ces sentiments et veux être sa femme.

D'ORANDAR à Cynicus.

Ah ! tu me la paîras sur le terrain, rustaud !

CYNICUS.

Où ? quand ? nous sommes prêts !

D'ORANDAR.

Dans le jardin, tantôt.

LATOIR.

Allons ! êtes-vous fous ? pour une bagatelle,
Vous iriez sottement vous brûler la cervelle !
Non ! non ! si vous saviez quelle est sa qualité,
Vous vous repentiriez de l'avoir insulté.

D'ORANDAR.

Sa qualité ! fi donc ! cette mise grossière...

LATOIR d'un ton grave et solennel.

Mon ami Cynicus est un billionnaire.

D'ORANDAR.

Billionnaire ! lui ! sous cet air emprunté !!

LATOIR.

Il est fait au rebours de la société.

Du sage de Synope adorant les licences

Il se plaît à fronder les lois, les convenances.

    Bas aux dandis.

C'est un original, mais il est cousu d'or.

Chapeau bas devant lui ! c'est un grand matador.

ALIDOR.

Ciel ! qui l'aurait pu croire en voyant cette mise ?

    Bas à Latoir.

Dis-lui donc bien, mon cher, d'excuser ma méprise.

CLÉANTE .

Et qu'il daigne compter sur mon empressement

A le servir toujours.

ALIDOR.

      Et sur mon dévoûment...

    Gravement.

Afin qu'on évitât cette erreur trop commune,

Chacun devrait au front inscrire sa fortune.

CLÉANTE à Cynicus.

Monsieur, j'ai du crédit, beaucoup auprès du roi,

Je hante les palais, j'y suis comme chez moi.

Votre rang aux honneurs vous permet de prétendre.

Dites-moi vos désirs ; je suis prêt à vous rendre

Un service éminent; vous le méritez bien :
Heureux d'intercéder pour un homme de bien.
Je vais vous proposer, Monsieur, pour un beau grade
Tel qu'une préfecture ou voire une ambassade.

ALIDOR.

Loin de vous déguiser pour nous mystifier,
Il eût de votre rang fallu justifier;
Nous vous aurions, Monsieur, tous prodigué de suite
L'estime et les honneurs que votre rang mérite.

CYNICUS.

Allez porter ailleurs ces honneurs que l'on rend,
A l'or qui fait ici le mérite et le rang.
Je vous le dirai net : ma mise est la lanterne
Du cynique, par là comme lui je discerne
Un homme en plein midi : qui mérite ce nom?
Celui qui pèse tout au poids de la raison;
Qui, planant au-dessus des erreurs du vulgaire,
Préfère la vertu gisant dans la misère
Aux vices opulents. J'étais un insensé,
« Un animal, un âne, un âne renforcé... »
Enfin cet âne un jour rencontre l'opulence,
Et le voilà pétri d'esprit et de vaillance.
Qu'on mette devant vous un gros aliboron
Chargé d'or, il aura plus d'esprit que Byron,
A vos yeux. Traînez donc mes œuvres dans la fange :
Je préfère cent fois le blâme à la louange
De ces adorateurs rampants d'un vil métal,

Eblouis, fascinés de son charme fatal.
Et ce siècle où partout triomphe la matière,
On ose l'appeler le siècle de lumière.
O sublime progrès ! grâce à lui, parmi nous
Les sages d'autrefois sont devenus des fous.

CLÉANTE bas à Alidor.

Cet ostrogoth est né dans un antre sauvage.

ALIDOR bas à Cléante.

L'ignorance du bien éclate en son langage.
   Haut à Cynicus.
La science, Monsieur, rayonne en vos discours.
Dans vos admirateurs comptez-moi pour toujours.

CYNICUS à part.

O prestige de l'or !

SCÈNE VII.

Les mêmes, de ROMPAUSE venant de la salle de bal.

LATOIR bas à Cynicus.

Le baron de Rompause...

ELISE.

Ah !

CYNICUS.

Son père !

LATOIR bas à Cynicus et à Elise.

Du cœur ! enlevons notre cause.

Haut à Rompause.

Baron, je vous présente un ami.

ROMPAUSE avec colère.

Qu'est ceci?

Mâ fillé parle encore à Cynicus, ici??

A sa fille.

Ainsi l'on foule aux pieds mâ volonté suprême !

LATOIR.

Il mérite en tout point qu'on l'estime et qu'on l'aime.

CYNICUS.

Si dans un rang obscur la probité, l'honneur,
Si mon âme grandie au souffle du malheur,
Pouvaient...

ROMPAUSE vivement.

Un roturier entrer dans mâ famille !

Portez vos vœux ailleurs... vous n'aurez pas ma fille.

D'ORANDAR vivement.

Très-bien...

CINICUS à d'Orandar.

Je vous attends...

D'ORANDAR.

Sortons.

Ils sortent.

ÉLISE s'attachant à Cynicus.

J'y vais aussi...

Vous n'irez pas sans moi vous égorger ainsi.

CYNICUS.

Non ! non ! ne craignez rien.

ÉLISE.

Oh ! laisse-moi te suivre ;
Je veux auprès de toi souffrir, mourir ou vivre.

ROMPAUSE saisissant sa fille par le bras et la ramenant violemment
sur le devant de la scène, pendant qu'ils sortent.

Eh ! mâ fillé voudrait sauver un rôturier !
Lé sang d'un gentilhomme à cé point oublier
Et son rang et ses droits ?

ELISE.

Je ne veux point prétendre,
Mon père, à tous ces droits, je ne puis les comprendre,
Car tout homme de cœur ardemment applaudit
A ce vers si fameux que le monde a redit :
« Les mortels sont égaux ; ce n'est point la naissance
C'est la seule vertu qui fait leur différence. »

ROMPAUSE.

Fi donc ! confondre ainsi, dé par l'égâlité,
Avec les inconnus les gens dé quâlité.
Fouler aux pieds l'orgueil sacré d'uné fâmille !
Dé ces crimes du jour gardé-toi bien, ma fille,
Qué toujours, en tous lieux, l'éclat dé mon blason,
Montré que tu sortis d'une grande maison.
Sâche en gardant ton rang maintenir lâ distance
Du noble au parvenu. Trop dé condescendance

Engendré les mépris. Bârons pour s'admirer,
Bourgeois pour obéir et pour nous honorer.
Cette gent destinée aux affronts comme aux peines,
N'a pas le sang divin qui bouillonne en nos veines.
Au-dessus des petits notre rang glorieux
Brille comme au-dessus de la terre, les cieux.
Il né connaissent point le bon ton, les mânières,
Né parlent rien français ; on nous dit qué nos pères
Commé dé vrais amis traitaient tous les bourgeois,
Nos pères auraient dù mieux comprendre leurs droits.

ELISE.

Vous savez mon respect et mon obéissance,
Pour vous, mais je tremble...ah ! pitié pour ma souffrance.
Elle veut sortir... Cynicus et Latoir ont fermé la porte en dehors.
Fermé ! Dieu ! je ne sais quel noir pressentiment
Me dit que Cynicus, d'Orandar, mon amant...

ROMPAUSE.

D'Orandar ! Cynicus ! quel est donc ce mystère ?

ELISE.

Ils se battent... courez, arrêtez-les, mon père...
Je mourrai s'il succombe et s'il vit, je vivrai,
D'Orandar !.. sauvez-les... ô mon père... courez.

ROMPAUSE.

Ne crains rien... d'Orandar à l'épée est terrible,
Au pistolet aussi jé lé tiens invincible...
Vingt fois il s'est battu pour l'honneur de son nom
Contre les mâl âppris qui niaient son blâson.

Vingt fois il remporta les honneurs dé là guerre ;
Trois fois même il coucha son ennemi par terre.

Il vaincra, j'en suis sûr, la veillé dé cé jour
Où lé don de tâ main couronne votre âmour,
Nous le verrons tout plein du beau feu qui l'enflamme,
Par un laurier nouveau rendre heureuse sa femme.

ELISE.

Ah! vous m'assassinez!

ROMPAUSE.

      Non! té dis-je, crois moi,
Sain et sauf et vainqueur il accourt près dé toi.

   On entend deux coups de pistolet.

ELISE.

Ah! (elle s'affaisse).

  Un brouillard de mort passe sur ma paupière,
S'il est mort qu'on m'enferme.. avec lui.. dans la bière..

  ROMPAUSE la pressant dans ses bras.

Mâ fille !

SCÈNE VIII.

Les mêmes, LATOIR (accourant).

LATOIR.

Elise ! il vit !

ELISE.

Mon Cynicus !

LATOIR

Vainqueur.

ROMPAUSE.

Et d'Orandar?

LATOIR.

Blessé, légèrement au cœur.

ROMPAUSE.

Blessé ! par un vilain !..

LATOIR.

Laisse aux fous ce langage :
Il faut à Cynicus ta fille en mariage.

ROMPAUSE.

Moi ! bâron dé Rompause ! oublieux de mon rang
A cé rôturier là prostituer mon sang !

LATOIR.

Il revient d'outre-mer cent fois millionnaire.

ELISE.

Millionnaire ! hélas !

ROMPAUSE.

Ah ! c'est une autre affaire.
Dans ce siècle pervers les millions comptants
Etouffent là nôblesse... il faut céder au temps...
Mais en es-tu bien sûr ?

LATOIR.

La preuve est évidente.

ROMPAUSE.

Pourquoi donc s'en vâ–t-il? dis-lui qu'il se présente.

SCÈNE IX.

ROMPAUSE, ELISE.

ROMPAUSE.

Je ne l'aurais pas cru, mâ fillé! sur l'honneur.
Cynicus à du tact, dé l'esprit et du cœur.
L'opulence d'ailleurs vaut mieux que la nôblesse,
Je l'estime à présent...

ELISE.

      Importune richesse !
Elle vient dissiper mon rêve le plus doux :
Je voulais Cynicus pauvre pour mon époux.

ROMPAUSE.

Visions que cela, songes creux de l'enfance...
Un cœur bien né préfère à l'honneur l'opulence...
Aujourd'hui la vertu c'est le poids d'un trésor;
L'homme vaut aujourd'hui ce que pèse son or.

SCÈNE X.

Les mêmes, CYNICUS, LATOIR.

ROMPAUSE allant au devant de Cynicus et lui faisant un profond
salut.

Soyez le bienvenu.

CYNICUS.

J'admire votre fille,
Vous le savez, je suis sans titre et sans famille ;
Mais j'ai des millions ; je vous en donnerai,
Voulez-vous des châteaux ? je vous en offrirai.

ROMPAUSE.

Comment faire ? tu sais, cher de Latoir, qu'Elise,
Au marquis d'Orandar par contrat est promise.

LATOIR.

Quittez-moi ce souci ; lui même s'est dédit,
Et vient de m'en donner ce gage par écrit.
        (Il lui présente un billet).

ROMPAUSE.

D'où vient ce changement ? il adorait ma fille.
Ah ! marquis ! est-ce ainsi qu'on joue une famille ?

LATOIR.

Console-toi ; j'ai su, par un heureux détour,
Qu'il l'aimait par calcul et non point par amour.

ROMPAUSE.

Oh ! non ! il a prouvé, je le sais, sa tendresse ;
Et pour changer d'avis, il a trop de noblesse.

LATOIR.

J'ai dit à d'Orandar, sous un air de secret,
« Ton beau-père futur est ruiné tout-à-fait. »
Là dessus il m'a dit, plein de reconnaissance :
« Dieu ! qu'elle vient à point, mon cher, ta confidence !

« J'y renonce : mon nom et l'éclat de mon rang
« Vaut trois fois une dot d'un million comptant.

ROMPAUSE.

Maudite soif de l'or ! mais, bâron ! cette ruse
Me compromet, il faut qué jé lé désâbuse.

LATOIR.

C'est fait ! sitôt signé de sa main ce billet,
Il a tout su ; mon plan, ma ruse et son objet.
Je me suis dénoncé.

ELISE.

Noble cœur !

LATOIR.

Sur mon âme !
Cynicus seul mérite Elise pour sa femme :
(Bas à Rompause)
Il est riche, savant, fidèle, généreux.

ELISE aux genoux de son père.

Mon père ! au nom du ciel ! d'un mot fais deux heureux.

ROMPAUSE (avec affectation).

Jé suis ému ! Monsieur, malgré votré naissance,
J'estimé vos tâlents et votre indépendance.
Elise, tu lé veux, jé lui donné tâ main.
Vous sérez son époux.

CYNICUS.

Et quand donc ?

ROMPAUSE.

Dès demain.

LATOIR bas à Cynicus.

Ah ! que le grand Molière avait raison de dire :
Tout cède au beau soleil qu'un monceau d'or fait luire.

ROMPAUSE.

J'y mettrai seulement une condition ;
C'est que vous soutiendrez notre position
Noblément par l'éclat du luxe et dé là mise.

CYNICUS.

Rien ne me coûtera pour plaire à mon Elise.

ROMPAUSE.

J'exige donc pour elle un grand train de maison,
Equipages, valets, chevaux, laquais, blason.
Qu'en tout, votre parler, vos habits, vos manières
S'élèvent au niveau du siècle des lumières...
Nos gants et nos amis, nos heures de sommeil,
Nos veilles, nos dîners, nos heures de réveil,
Aux manières des grands tout doit être conforme,
Le fond viendra toujours pourvu qu'on ait la forme.
Qu'en public, à propos, donnés avec grandeur
Quelques écus sonnants montrent qu'on a du cœur.
Que sert d'être opulents si l'on ne sait paraître ?
A l'aide du bon ton l'on est ce qu'on veut être.
Il faut à notre rang hôtels, palais, châteaux.

CYNICUS.

Hélas ! vous détruisez mes rêves les plus beaux !
Je voulais emmener Elise loin du monde,
Et vivre à la campagne en une paix profonde,
Et par ses douces mains aider la pauvreté
De nos biens fécondés par la simplicité..
Etre les pourvoyeurs du pauvre en sa chaumière ;
Porter dans ses réduits la joie et la lumière ;
En lits réparateurs transformer ses grabats...
Telle est l'ambition la plus noble ici bas,
Le sage la préfère aux fleurs d'une couronne
Que le peuple à son gré tresse, ôte, brise ou donne.
Oh ! si vous compreniez, riches malencontreux,
Le bonheur que l'on goûte à faire des heureux,
Les bienfaits de lauriers couronneraient vos têtes ;
Mais le luxe à vos pieds amasse les tempêtes,
La suprême grandeur est de faire le bien.

ROMPAUSE bêtement à Latoir.

Ah ! jé n'y songeais pas ! mon gendré parlé bien.

FIN.

LA CHINE, L'ORIENT ET L'ALLIANCE
DES PEUPLES.

Où vont ces guerriers innombrables
Partis des rives du couchant ?
Quels sont ces apprêts formidables
Qui s'avancent vers le levant ?

Ils jettent autour d'eux des torrents de lumière.
Grand Dieu ! quel triomphe riant !
L'antique foi brille sur leur bannière
Pour illuminer l'Orient.

Les peuples qui dormaient en de sombres ténèbres
Ont vu briller une immense clarté ;
Le fanatisme tombe en ses gouffres funèbres ;
Ses monstres ont pâli devant la vérité.

Le bonheur jaillira des éclats du tonnerre,
L'humanité partout proclamera ses droits ;
La justice et la paix, buts sacrés de la guerre,
Au milieu des lauriers vont couronner leurs lois.

Qu'ils sont beaux et les pieds et les fronts de ces braves,
Apôtres du progrès, vengeurs des peuples rois..
Tremblez, en les voyant, vils bataillons d'esclaves
Qui riez de l'honneur et du juste et des lois.

L'océan devant eux s'inclinait ensilenc e.
L'aurore avec amour contemple leurs drapeaux.
Tremblez, peuples sans foi ! l'humanité s'élance,
Les parjures ont fui comme de vils troupeaux.

Gloire aux nobles enfants des flottes frémissantes,
  Grosses d'armes, de matelots !
Ces fiers rivaux des vagues mugissantes
  Lancent le feu du sein des flots.

Salut ! leur dit Stamboul, ô guerriers indomptables,
Vos bras m'ont arraché des ombres du trépas,
L'Orient vous bénit , phalanges redoutables !
Le Liban tressaillit au seul bruit de vos pas.

Abaisse, ô mer ! tes vagues écumantes,
Sous les grands mâts de tes dominateurs.
De l'ennemi les galères tremblantes,
Sont en vos mains, nobles triomphateurs !

La baleine a tremblé sous les vagues profondes
  Devant les rois des mers,
Mille foudres grondants font frissonner les ondes,
  Ebranlent l'univers.

Le plus sombre ouragan enfante moins d'orages
  Que ces mouvantes tours ;
Elles sèment au loin la mort et les ravages
  En leur rapide cours.

Quels sont ces corps de flamme qui s'avancent
    Lancés par la main des géants ?
On dirait des volcans qui bouillonnent et lancent
    La mort de leurs gouffres béants.

Mais quand le monde ému s'ébranle et se remue,
Dieu lui fait accomplir un sublime dessein :
Le bonheur et la vie ont jailli de la nue
Qui portait les fléaux et la mort dans son sein.

Vents du couchant, guidez ses enfants sur vos ailes
Ils sèment la lumière en de lointains climats ;
Ils vont se couronner de gloires immortelles,
Et venger la justice et le Dieu des combats.

Ils vont orner encor ta radieuse histoire,
Sous leurs pas triomphants germe la liberté,
O France ! devant eux rayonne la victoire
Et sereine avec eux triomphe l'équité.

Qu'ils sont aimés, grand Dieu ! ces soldats magnanimes,
    Ces guerriers dont les noms chéris
    Parmi les noms les plus sublimes
    Vont être à tout jamais inscrits.

Des fourbes mandarins si fière était l'engeance ;
Tout tremblait devant eux, ils tremblent devant vous.
Frappez ! il est venu le jour de la vengeance,
Nobles fils du couchant, multipliez vos coups.

En leurs prétentions ridicules, funestes,
Leurs princes indolents, menteurs, ambitieux,
Usurpaient les honneurs des habitants célestes,
Se disaient empereurs de l'empire des cieux.

Jaloux même des dieux nichés en leurs pagodes
Ils disaient : Nos palais, peuples ! sont des autels.
Nos ordres et nos vœux sont vos lois et vos codes,
Donnez l'or et l'encens qu'on offre aux immortels .

Rien n'est saint comme nous, au ciel et sur la terre,
Les dieux, quand nous parlons, s'inclinent devant nous.
Nous tenons en nos mains les vents et le tonnerre,
A genoux ! et tremblants, peuples, prosternez-vous.

Et les Chinois flattaient la folie où se noie
Leur maître ivre d'orgueil et comme lui rêvaient
Que le monde soumis un jour serait leur proie :
De son sang, de son or en songe ils s'abreuvaient.

Ainsi les vils jaguars hérissant leur crinière,
Déchirent des agneaux les membres pantelants ;
Ainsi la lâche hyène en sa grande tanière
Trame la perfidie et les piéges sanglants.

En ces réduits cachés, affreux, inaccessibles,
O sublime Occident, tes guerriers invincibles
Ont pénétré sans peur en bravant mille morts,
Et franchi d'un seul bond les remparts et les forts,

Gloire à vous, noble France et superbe Angleterre !
Vos fougeux bataillons, vos rapides vaisseaux
Ont atteint le perfide et lancé leur tonnerre,
Et ceux qui vous bravaient tremblent sous vos drapeaux.

Triomphe ! le Dieu des batailles
Marche, foudroyant, devant vous ;
Voyez tomber forts et murailles
Sous le souffle de son courroux !

Salut ! France ! tes fils, ces géants de bataille,
S'avancent en riant au penser du trépas ;
Ces fiers lions, bravant les feux de la mitraille,
Font trembler les cités et les ports sous leurs pas.

Lève, Albion ! ta tête altière,
Chantons nos guerriers triomphants,
De ta gloire, ô France ! sois fière,
Et bénis tes nobles enfants.

Peuples rivaux, laissons nos haines séculaires,
Serrons nos rangs ; vengeons le droit et l'équité :
Loin de nous jalouser, aimons-nous, soyons frères ;
Etouffons à l'envi l'hydre d'iniquité.

Et l'ennemi sauvé bénira ses défaites,
Et les riants lauriers du vainqueur généreux
Qui préfère au plaisir d'étendre ses conquêtes,
Le sublime bonheur de faire des heureux.

DIEU, L'ESPRIT ET LA MATIÈRE.

Méditation.

Dans le voile des nuits, ma frêle intelligence,
Des mondes fièrement tu cherches la naissance ;
Tu prétends expliquer la nature des corps,
Les sources de la vie et le souffle des morts.
Aliment de l'erreur, jouet des apparences,
Tu dis : Je connais tout, j'ai sondé les essences.
Dis-moi donc tes destins, ton être et tes secrets ?
Je sens ton action, tes désirs, tes effets.
Au delà tout m'échappe et me fuit : la substance
A mon œil impuissant voile son existence.
Mon esprit curieux voudrait sonder les mers,
L'immensité sans fond, les lois de l'univers ;
Mais soudain quand j'ai cru dévoiler le mystère,
L'astre qui m'éclairait me cache sa lumière ;
Le jour était serein, il est sombre et s'enfuit,
Et ne laisse à mes yeux qu'une profonde nuit.
Vierge dont mes désirs ont soulevé le voile,
De ses manteaux d'azur la nature se voile,
Et me dit : Téméraire, adore mon auteur,
Qui pourra de mes flancs sonder la profondeur ?

Lui seul, de mes attraits ordonnateur suprême ,
Pour dire mon essence il faut être lui même.
Lui seul peut te répondre : il soutient de ses mains,
Les cieux, les océans, les mondes, les humains.
Du néant ténébreux sa parole féconde
Plus vite que l'éclair a fait jaillir le monde.
Il appelle le temps et le temps à sa voix,
Prend ses ailes, s'élance : il dit : « Lumière ! sois.. »
Et la lumière fut. « Paraissez, mer et terre ! »
Et la terre surgit, et l'Océan l'enserre ;
Et du sol et des mers il sépara les cieux ;
Il dit aux vents « : Allez ! « des flots impétueux
Il creusa le domaine et traça la limite.
En vain pour la franchir le flot monte et s'agite.
Une invisible main brise là son effort ;
La vague frémissante expire sur le bord.
Par de là les soleils il lança les comètes ,
Mesura les rayons des mobiles planètes ,
Fixa leurs fonctions, régla leurs mouvements,
Du lever à chacune indiqua les moments.
Des astres, à son gré, l'éclatante phalange
Du néant ténébreux sort, accourt et se range.
Ces géants enflammés s'inclinent quand sa voix
Donne à chacun son poste et sa marche et ses lois.
Il dit à l'ombre : « Va ! » et l'ombre étend son voile.
Sentinelle immobile aussitôt, chaque étoile
Accourt, et prend sa place et veille sur la nuit :
Puis l'aurore paraît, l'obscurité s'enfuit,

Les astres ont pâli dans la céleste voûte,
Dieu d'un signe au soleil a désigné sa route,
Et le soleil suivit, vaisseau majestueux,
Sans pilote et sans mât, sa route dans les cieux,
Il triomphe des temps, des vents et des orages ,
Et sa marche immuable est le cadran des âges ;
Il embrasse la terre et féconde ses champs,
De ce riant hymen l'abondance et les chants,
Naissent avec le jour, la vie et la lumière.
Et l'homme aveugle a dit. « Soleil ! cause première !
« Je t'adore, Dieu grand ! parle. » Ainsi les humains
Confondent l'architecte et l'œuvre de ses mains.
« Le feu, le soufre et l'air et l'inerte matière
« Ont engendré la vie et l'ordre et la lumière,
« Disent-ils. » Mais l'esprit se distingue des corps,
Comme un feu qui meut tout, du froid glacé des morts.
L'un partout agissant est partout invisible,
L'autre est inerte et lourd, mesurable, insensible.
L'un, sans changer de lieu, parcourt l'immensité :
Il n'a ni profondeur, ni largeur, ni côté ;
Et cependant aux cieux, sur la terre et dans l'onde
Tout s'anime et s'éclaire à sa flamme féconde.
La matière impuissante, immobile de soi,
Se meut, se forme au gré de l'esprit, noble roi.
Un corps jamais n'a pu se mouvoir de lui-même :
L'univers est donc mu par un moteur suprême.
On peut scinder la plante et la recomposer,
Mais comment un esprit peut-il se diviser ?

Montrez-moi la longueur et la largeur d'une âme.
—C'est un feu : —Quelle est donc la couleur de sa flamme ?
Chaque atome a son poids, sa forme, sa grosseur,
Dites-moi les contours, la base et l'épaisseur
Du principe invisible où germe la pensée
Qu'il féconde à son gré par la main retracée.
Il éclaire mes sens ; il ordonne : à sa voix
Le corps marche et s'arrête, est docile à ses lois.
Autant le ciel s'élève au dessus de la terre ,
Au dessus des humains le maître du tonnerre,
Autant de sa prison se distingue l'esprit.
Quand l'une se dissout l'autre s'élance et vit.
Des fléaux dévorants l'une est un sombre abîme,
La mort brise tes liens, esprit ! aigle sublime !
Tu vas, astre riant, dès ce jour solennel
Briller, loin des soleils, au sein de l'Eternel.

AMBITION ET TYRANNIE.

LE SONGE.

Mon trône étincelait : tout charmait nos oreilles ;
Les poëtes chantaient nos gloires, nos merveilles.
Et mon sceptre était Dieu : mais, parmi ces accents,
Un étrange sommeil s'empara de mes sens.

Et je vis un grand arbre au centre de la terre :
A travers les éclairs, la foudre et le tonnerre
Il disait : Gloire à nous ! et portait vers les cieux,
Ses bras triomphateurs, son front ambitieux.
Et, de son tronc noueux, projetés à la ronde
Ses rameaux s'étendaient jusqu'aux bornes du monde.
Esclaves et seigneurs tremblants l'environnaient ;
D'éclat et de beauté ses feuilles rayonnaient ;
Et ses fruits monstrueux étonnaient la nature ;
Aux fauves lionceaux il donnait leur pâture ;
Et les oiseaux chantaient perchés dans ses rameaux,
Et son ombre attirait d'avides animaux ;
Les tigres à ses pieds se creusaient leurs repaires :
Et les aigles sanglants y bâtissaient leurs aires.
Leurs serres déchiraient le chevreuil frémissant,
Leurs ailes ruisselaient de carnage et de sang.
Le vautour enserrait dans ses griffes sanglantes,
Des chantres de nos bois les gorges palpitantes ;
Partout le sang coulait, partout des cris de mort,
Et le faible partout tombait sous le plus fort.
L'ours étreignait le daim d'une étreinte cruelle,
Et le loup dévorait le cerf et la gazelle,
Et l'arbre dominant ces scènes de terreur,
Disait : « Je sème ici la vie avec l'horreur ;
« Par moi tout se nourrit, par moi seul tout respire ;
« Tout tremble à mes genoux, tout subit mon empire.
« Homme, plante, animaux, petits, grands, peuples, rois,
« Tout naît sous le soleil pour adorer mes lois ;

« J'étends mes bras noueux sur la terre et sur l'onde ;

« Je suis le dieu des dieux, et l'arbitre du monde.

« Un léger mouvement de mon front glorieux

« Dans ses sommets altiers ferait trembler les cieux,

« Et dans ses fondements ébranlerait la terre.

« Je m'élève en rival du maître du tonnerre. »

Il dit, étend les bras sur les monts et les mers

Et croit dans ses réseaux enlacer l'univers.

Vains efforts ! contre lui la terre frémissante

      Méditait ses complots,

Puis l'orage grondait et la mer mugissante

      Amoncelait ses flots ;

Et les flots l'ont miné ; déjà la base est nue

Une voix tout-à-coup dit, sortant de la nue :

      Arrachez, arrachez

      L'arbre dans sa racine.

      Tranchez; peuples ! tranchez

      Et chantez sa ruine...

Des faibles opprimés les soupirs et les pleurs

Nourrissent mon courroux contre les oppresseurs.

LA CHUTE.

Quomodo cecidit exactor ?
DANIEL.

Comment est-il tombé l'oppresseur de la terre ?

    Comment ont cessé les tributs ?

Le bonheur de la paix a remplacé la guerre..

    Triomphe ! le tyran n'est plus.

Le Seigneur a brisé le trône de l'impie,
 La verge du dominateur.
La terre, disait-il, va trembler accroupie
 Sous mon sceptre triomphateur..

Mais Jéhova s'est armé de sa foudre
 Pour foudroyer l'ambitieux ;
Et la foudre a grondé : j'ai vu réduit en poudre
Celui qui rayonnait et menaçait les cieux.

Tel le cèdre disait sur la grande colline :
Bois, montagne, à genoux, je suis le roi des rois.
L'éclair scintille : il craque et roule et sa ruine
Fait trembler les vallons, les collines, les bois.

Le tyran menaçait d'une plaie incurable
 Ses esclaves tremblants,
Il crut assujettir à son joug exécrable
 Les peuples chancelants.

Il promenait au loin la mort et le ravage :
 Monstre impie et cruel,
En osant l'invoquer pour lui prêter sa rage
 Il insultait le ciel.

La terre se repose et palpite de joie ;
 La mer calme ses flots ;
Il crut les enserrer comme un vautour sa proie
 En ses affreux complots.

J'ai vu dans les tombeaux tressaillir ses victimes
    Au seul bruit de sa mort.
Et les cèdres disaient en agitant leurs cimes :
    « Depuis qu'il dort,

« Nul ne vient plus de ses mains sanguinaires
    « Couper nos troncs;
« Et du bruit sur le sol de nos fronts séculaires
    « Epouvanter les monts. »

L'enfer en frémissant accourt à sa rencontre
    Et lui suscite des géants,
De son bras flamboyant leur souverain lui montre
    Ses abîmes béants.

Les tyrans devant lui se lèvent de leurs trônes,
    Pâles d'un morne effroi
Et, posant à ses pieds leurs sanglantes couronnes,
    Ils adorent leur roi.

Et tous autour de lui voltigent, noires ombres,
    Et lui redisent tous :
Te voilà donc enfin dans les royaumes sombres
    Descendu comme nous !

Des cieux jusqu'aux enfers s'abaisse ta superbe,
    Ton cadavre est tombé ;
Comme un reptile impur là haut tu souillas l'herbe,
    Sur ton ventre courbé.

Ton trône ici sera la pourriture ;
　　Ta couronne, les vers ;
Les vers, les vers seront ta couverture,
Tes bras, ton sein, ton front, tes os en sont couverts.

Comment es-tu tombé ,toi qui semais la guerre,
L'épouvante et la mort parmi les nations ?
Toi qui faisais siffler sans cesse sur la terre
Les cent sanglants serpents des sombres factions?

Des milliers d'astres d'or illuminaient ta route,
　　Orgueilleux Lucifer,
Comment es-tu tombé de l'éclatante voûte
　　Au ténébreux enfer ?

Tes bourreaux à tes pieds torturaient l'innocence,
Et riant tu disais : « Je vais monter aux cieux !
Plus haut que Jéhova j'élève ma puissance,
Je frapperai son front de mon front radieux.

« Je suis devant les rois le cèdre qui domine
　　Les roseaux du vallon ;
Je m'assieds éclatant sur ma fière colline
　　Et sur les flancs de l'aquilon.

« Je marcherai sur l'aile des nuages :
　　De mon trône immortel
A mes pieds je verrai murmurer les orages
　　Et je serai plus grand que l'Éternel. »

Tu dis et tu tombas dans les sombres abîmes,
    Vite comme l'éclair,
Et les cris foudroyants d'innombrables victimes
    Sont ton hymne d'enfer.

Et ceux qui t'avaient vu cherchent en vain ton ombre
    Sur le gouffre inclinés :
Rien n'apparaît qu'un spectre horrible, morne et sombre
    A leurs yeux étonnés.

Est-ce donc là celui qui remuait la terre
    Effrayait les États ?
Qui se croyait l'égal du maître du tonnerre
    Et le foudre des potentats ?

Qui disait : En désert je changerai le monde
Avec les noirs bourreaux de ma grande cité !
Et leur criait : Frappez sur la terre et sur l'onde
Les vils humains épouvantés.

La justice, la foi, la vertu, la lumière,
Sont, aux yeux d'un tyran, des monstres redoutés ;
Il pâlissait d'effroi, d'horreur et de colère,
Devant les feux vengeurs des saintes vérités.

Il disait : A ma gloire immolons ces victimes ,
Sous les mille verroux de mes noires prisons !
Sur lui comme des monts amoncelle ses crimes,
Grand Dieu ! dont il osait invoquer les saints noms.

A MADAME ADÉLAIDE RISTORI

Marquise Capranica del Grillo.

Au sortir d'une représentation de *Maria Stuarda*.

Amis! ne disons plus que la noble Italie
Sent les rides flétrir son front découronné.
Voyez-vous rayonner sa face rajeunie?
Des muses son beau sol n'est plus abandonné.

Si parfois ses malheurs la couvrent d'un long voile,
Son cœur jadis fécond n'est pas encor tari;
Ses monts, ses mers d'azur comptent plus d'une étoile;
Auprès de Pellico tu planes, Ristori.

Schiller même te doit ses brillantes couronnes,
Tu grandis Alfiéri dans la postérité,
Et ses plus beaux lauriers c'est toi qui les lui donnes;
Ta place est près de lui dans l'immortalité.

Mais pourquoi te chanter? le roi de l'harmonie (1)
T'a consacré son luth ému de tes accents;
Il faut des sons divins pour chanter le génie:
Faible est tout autre hommage, et pâles sont nos chants.

(1) Lamartine.

ITALIE !

A la mémoire de Silvio Pellico.

Méditation.

D'où vient que ton beau front, ô riante Italie !
Où scintillaient hier la gloire et le génie,
S'est voilé tout-à-coup d'un voile de douleur ?
— Mon Silvio n'est plus, je pleure mon malheur...
Il revit loin des fers, des maux et de l'envie :
Pour le sage mourir est commencer la vie.

Il vit, ne pleurons pas autour de son cercueil,
Ne plaignons que les morts brisés sur un écueil, (1)
Dieu qui d'un jet céleste a couronné son âme
Des vertus de ses preux y déposa la flamme,

(1) On sait que Lamennais mourut peu de jours après Silvio
Pellico. J'écrivis cette méditation immédiatement après la mort de
Lamennais.

Mes illusions politiques tombaient une à une devant la réalité.

J'étais lié d'amitié avec un frère de Silvio. Dès l'âge de douze
ans, j'avais lu avec enthousiasme les œuvres révolutionnaires de
Lamennais. La vie et la mort si différentes de ces deux publicistes
m'ont fait rêver.

Ecrite, sous cette influence, il y a cinq ans, cette méditation
n'est peut-être pas, aujourd'hui même, sans actualité.

Et, pour épurer l'or, il souffla dans son cœur,
Comme un souffle de feu, l'épreuve et la douleur.

Et la douleur ouvrant ses lugubres bannières,
Inonda son élu d'immortelles lumières ;
Et Silvio dès lors enseigna l'univers.
Il disait : « Dans l'exil, les tourments et les fers
Les sages fécondaient la liberté bannie,
Leur esprit indompté bravait la tyrannie.

Mais il vaut mieux du monde étudier les lois
Que d'armer la révolte et détrôner les rois.
Chez les peuples déchus la liberté publique
Est un glaive perfide aux mains d'un frénétique.
Liberté ! liberté ! dis, ton magique nom
Est-il le fils du ciel ou l'enfant du démon ?

Instrument des pervers, rêve des grandes âmes,
Liberté ! tu te plais dans le sang et les flammes ;
Par toi l'ambitieux trompe les nations,
Et jette l'or du crime aux noires factions,
Ton mirage trompeur, en Europe, en Asie
Flétrit la foi des saints et sema l'hérésie.

Et les rois ont flatté le monstre ténébreux,
Réchauffé dans leur sein il grandissait contre eux,
Son aile frémissante a fait crouler les trônes,
Comme la cendre aux vents il jeta les couronnes.
Telle est la voix des faits : sans foi pas de devoir ;
Sans devoir pas de droit ; sans droit pas de pouvoir.

Le droit n'est donc qu'un nom ou sa base est suprême ;
Il coule de Dieu seul ou plutôt est Dieu même,
Dieu seul maître de tout, principe de tout bien,
Du progrès et des lois seul fondement, seul lien.
Qui viole le droit bannit donc la justice
Et mine le rocher qui portait l'édifice.

Aussi quand le Piémont de nouveau consolé,
Après un long exil, revoit son exilé...
On lui dit : « Vengeons-nous. » Mais on trouve en son âme(1)
La foi qui l'illumine et l'amour qui l'enflamme.
Il bénit sa prison d'où lui vient ce trésor
Que le sage préfère à des montagnes d'or.

N'allons plus l'exposer, dit-il, au sein du monde,
Comme un fragile esquif, à la rage de l'onde ;
Il s'éclipse au grand jour et rayonne à l'écart.
Pour lui la solitude est le meilleur rempart :
Oh ! si nous comprenions ce que vaut le silence
Pour contempler en paix l'éternelle substance !
L'éclat du plus beau jour serait sombre à nos yeux ;
« Bien petite est la terre à qui la voit des cieux. »
Ici règne la mort, dans l'infini la vie.
Au banquet immortel l'infini nous convie.

(1) Les Carbonaris firent de vains efforts pour l'attirer de nouveau dans leurs rangs et s'en faire un drapeau.

C'est la soif de nos cœurs, c'est l'espoir des tombeaux,
C'est la voix des mourants, c'est le cri de nos maux ;
Le cri de nos dégoûts devant la créature,
C'est l'éternelle voix qui sort de la nature :
Homme ! rentre en ton sein, tu trouveras ton Dieu.
Invisible partout, il se montre en tout lieu ;
Sa gloire est comme un hymne écrit en traits de flammes,
Dans les splendeurs des cieux et les vides de l'âme.

Modeste Pellico ! j'ai compris la raison
Qui t'a fait, au sortir d'une illustre prison,
Préférer à la gloire une humble solitude,
Et cultiver deux champs : la science et l'étude,
Champs féconds où jaillit la source de tout bien.
Pour toi l'or des puissants, Silvio, ne fut rien.
Tu n'échangerais pas les plus sombres retraites
Pour la faveur des cours et la splendeur des fêtes.
Silvio, laissant là les stériles desseins,
Tu dévouas la gloire au silence des saints,
Des droits dans les devoirs tu montras l'origine
Et de nos libertés l'influence divine.
Quand ta plume riante émeut l'humanité,
La piété t'unit à la divinité.

La raison te versant ses gerbes de lumières
Te dit : les vrais tyrans des nations altières
Sont les ambitieux qui disent : liberté !
Les cœurs nourris de fiel et criant : charité !

Incapable de foi, d'amour et de prière,
Le monde croit nager en des flots de lumière,
Et s'agite égaré dans la nuit de l'erreur,
La terre est un volcan où bouillonne l'horreur.

Et déjà cependant la voix de l'innocence
Condamne les tyrans et crie au ciel : Vengeance !
Et la foudre a grondé sur les palais des rois,
Des peuples opprimés ils étouffaient la voix
Et croyaient, dans l'ivresse où leur raison se noie,
Enserrer l'univers comme un vautour sa proie.
Mais le juge éternel des crimes des puissants
Déchaînait les fléaux vengeurs des innocents.

Ton réveil briserait tes fers, noble Italie !
Si la foi renaissait dans ta plage avilie.
Tu la fuis, insensée ! et son souffle vainqueur,
Et sa chaleur puissante abandonnent ton cœur.
Silvio ! dégagé de tes dernières chaînes,
Regardant en pitié les discordes humaines,
Couronné comme au jour d'un triomphe guerrier,
Tu marches le front ceint d'un immortel laurier.
Le Dieu qui t'éprouva bénit ta patience,
Ton esprit à la source aspire la science,
Inondé de rayons d'un éclat sans pareil,
En ton Dieu comme un aigle en face du soleil
Tu bois le fleuve immense où la philosophie
Jaillit en flots d'azur avec la poésie.

RÊVES ET RÉALITÉS.

O bonheur ! dès longtemps je te rêve et t'implore
Je te cherche et tu fuis riant comme l'aurore,
Objet de mon amour, qui t'a fait ? en quels lieux
De tes adorateurs réjouis-tu les yeux ?
Mille fois j'avais cru t'embrasser, chère idole ;
Mille fois tu m'as fui comme un songe frivole.
Cruel, es-tu caché sous des montagnes d'or ?
Des trésors du Pérou faisons notre trésor....
Voilà qu'à mes désirs ouvrant sa main féconde
De royales faveurs la fortune m'inonde,
Je nage dans les biens et mon cœur désolé,
De soif au sein des flots à jamais est brûlé.
Serais-tu donc aussi, beau métal qu'on adore,
Comme une liqueur forte, un feu qui nous dévore ?
Renaissant comme un hydre abattu vainement,
Mes désirs assouvis augmentent mon tourment.
La misère m'assiége au sein de l'abondance,
Et mon malheur s'acroît avec mon opulence,
Tu manges, puis tu dors et ne demandes rien,
Brute ! ton sort est donc plus heureux que le mien.
Entre la brute et moi d'où vient cette distance ?
Serait-ce que mon cœur fait pour un être immense

En des biens limités vainement veut saisir,
L'objet illimité d'un immortel désir ?
Ces biens à ce désir sont la goutte jetée
Dans le vaste Océan, ou la bulle emportée
Dans l'espace infini.. Peut-être les plaisirs
Nuit et jour savourés combleront mes désirs.
O volupté ! salut ! livre-moi tes délices ;
Viens ! je veux à longs traits boire dans tes calices.
Qu'ils ont d'attraits, grand Dieu! que leur bord est charmant!
Leur éclat fait pâlir l'éclat du diamant,
Mes yeux sont éblouis de sa flamme éclatante,
Elle a fait tressaillir mon âme palpitante....

Courtisane sans foi ! tu montrais le bonheur,
Et tu sèmes l'angoisse avec le déshonneur..
Sois maudite à jamais, ô coupe dont la lie
M'a fait boire la mort en promettant la vie.
Adieu ! sombre plaisir ! ton perfide sommeil
A jeté dans mon sein les tourments du réveil.
Tu m'offris les attraits d'un nectar salutaire,
Et tu ne m'as versé qu'un poison délétère.
Eh bien ! cherchons encor ! les titres, les splendeurs,
Les succès éclatants, la gloire, les grandeurs...
Voilà les biens qui vont, à l'abri des alarmes,
Objet de mes désirs, m'enivrer de tes charmes.
Qu'il est doux de pouvoir, le sceptre dans les mains,
Le diadème au front, régner sur les humains.

Lambris dorés, salut ! quel éclat m'environne !
Sur mon front rayonnant mettons cette couronne.
Le monde est à mes pieds, m'adresse mille vœux !...
Mais quoi ? plus je suis grand, plus je suis malheureux,
Et les trônes m'ont dit : « Notre pompe recèle
« Les soucis, les complots et la crainte éternelle.
« Un pouvoir éclatant est un sombre danger.. »
Les maux dans les palais sont venus m'assiéger..
Ils ont tout abattu ; le sceptre et la couronne
Et la garde du corps qui brille et m'environne.

Et les grandeurs m'ont dit : « Nous sommes les faux dieux,
« Cherche ailleurs le seul bien qui peut charmer les yeux. »
Ah ! ce Dieu, le voici ! volons à la victoire,
Ramassons en courant les lauriers de la gloire...
Quel triomphe ! je suis le plus grand des Césars,
Sur toutes les cités flottent mes étendards.

Tout tremble sous mes pas.. Et la terre inclinée
A mon sceptre, à mes lois se soumet étonnée.
Mais voilà que, bravant mon char triomphateur,
La douleur tend sur moi son bras dominateur,
En dissipant la nuit sous les feux de l'aurore,
Le jour ne bannit point l'ennui qui me dévore.
Quand le monde à mes pieds élève jusqu'aux cieux,
Ma gloire, mes exploits, mes immortels aïeux,
Sur mon front pâlissant mes lauriers se flétrissent ;
Comme l'ombre des nuits mes jours s'évanouissent.

LE GRAND SAINT-BERNARD.

En ces lieux couronnés de neiges éternelles
Le corps est plus léger, et l'âme prend des ailes
Pour voler par delà ces monts majestueux,
Et le cœur se dilate en approchant des cieux.

Heureux qui, loin du souffle et des cours et des villes,
Ces écumants essaims d'ambitieux rampans,
Peut contempler un jour, en ces nobles asiles,
Des antiques vertus les généreux élans.

Plus heureux mille fois qui, bannissant le monde
Du trouble de ses sens et des feux de son cœur,
En ce vallon de paix bienfaisante et féconde,
Vient mourir tous les jours pour l'immortel bonheur.

Prêtres de ce couvent, gloire de l'Helvétie,
Bâti tout près du ciel pour redire à jamais
De la foi du chrétien les éternels bienfaits,

Si d'aveugles témoins de votre noble vie,
Cupides et pétris de colère et d'envie
Voulaient toucher encore aux gloires de ce mont,
Au fleuron qui rayonne et scintille à son front...

Non ! non ! ne craignons pas : l'Europe vous contemple,
L'Europe veut sauver ce grand et rare exemple
De la foi primitive et de l'humanité
Et de l'oubli du monde et de la charité...

L'impiété vous craint, le sage vous honore ;
Des bords de l'Orénoque aux plaines de l'aurore,
Français, Germains, Anglais, par mille et mille voix,
De votre dévoûment redisent les exploits.

Construit dans les vieux temps au-dessus des orages,
Votre asile béni traversera les âges,
Superbe d'héroïsme et semant les bienfaits ;
Nobles voisins du ciel ! vous vivrez à jamais.

28 août 1857

LYON. — IMP. D'AIMÉ VINGTRINIER.

www.ingramcontent.com/pod-product-compliance
Lightning Source LLC
Chambersburg PA
CBHW051146260626
47170CB00005B/1986